KB004897

취향이 없는
당신에게,
세훈으로부터

취향이 없는
당신에게,
세훈으로부터

장세훈 지음

빌리버튼 billy button

▶ 여는 말

　인생에서 가장 선명하고 결정적인 기억 중 하나는 스무 살의 어느 날 연인에게 믹스테이프를 선물한 일입니다. 같이 시간을 보낼 때 네가 들려주는 노래들이 좋다고, 그래서 떨어져 있을 때에도 네가 골라 주는 노래를 들을 수 있으면 좋겠다는 다정한 칭찬에, 집에 오는 길 내내 몽글거리는 마음을 도저히 어쩔 수 없어서 도착하자마자 책상에 앉아 7곡을 골랐습니다. 편지에 7곡의 제목을 차례로 적고, 노래마다 가장 좋아하는 가사도 옮겨 적었습니다. 노래마다 왜 좋아하는지, 그리고 왜 네게 들려주고 싶었는지 적었습니다.

그 편지를 읽었을 때 연인의 환한 미소, 같이 들어 보자며 노래를 한 곡 한 곡 틀 때 숨죽이며 살핀 반응, 시간이 아무리 지나도 그 곡들은 재생 목록에서 빼질 못하겠다는 말. 그 기억과 닮은 마음을 담아 게시한 유튜브 첫 영상이 감사하게도 큰 관심을 받았고, 신이 절로 난 저는 거듭해서 영상을 올렸습니다. 첫 영상을 올리고 5년이 지난 지금까지도 많은 사랑을 받고 있습니다. 내가 추천한 노래를 소중히 들어 보는 친구들이 16만 명이나 생긴 거죠. 내 믹스테이프를 아껴 주던 연인 한 명만으로도 빛나던 세계가 어느새 16만 배나 커졌습니다. 제게 음악으로 말미암은 수많은 찬란의 순간 중 가장 좋은 것 딱 하나를 꼽으라면, 단연코 채널 sehooninseoul을 운영하게 된 일입니다.

제가 누리고 있는 이 세계를, 이 기쁨을 형용할 만한 언어가 고맙다는 것에 그치는 것이 참 아쉽습니다. 그럼에도 불구하고 시작하기에 앞서 감사한 마음을 꼭 표현하고 싶습니다. 제가 이렇게 책을 쓰게 된 건, 모두 채널 sehooninseoul을 아껴 주신 여러분의 덕입니다. 항상 영상과 실시간 스트림에 들러 댓글을 달아주는 이름들, 영상이 업로드될 때마다 와서 들어 주는 이들의 조회 수 하나하나, 그 모든 만남에 감사합니다. 저의 소중한 취향을 함께 아껴 주고 다정하게 어루만져 준 모두에게 이 책을 바칩니다.

<   🎵 닫는 곡   ≡

🎵 존박 - Good Day

연인에게 처음으로 건넨 플레이리스트의 첫 곡이었습니다. 언제 들어도 스무 살의 봄과 사랑이 떠오르는 마법. 김이나 작가님이 쓴 가사가 참 담백해서 처음부터 마지막까지 계속 따라 부를 수 있는 노래입니다. 상대를 봐도 봐도 마음이 충만해지는 사랑이라는 건 연인 간의 당연한 덕목이라고 할 수도 있겠지만, 사실은 그 무엇보다도 위대한 마음이 아닐까 생각하게 되는 요즘입니다.

◐ 차례

01.

왜 책을 썼냐 하면

플레이리스트를 소개하는 채널을 운영하며 자주 받는 질문 중 하나는 "세훈 씨는 어떻게 좋아하는 노래를 그렇게 잘 찾아서 듣나요?"입니다. 저에게 관심을 두는 분들이라 그런지 질문에 칭찬이 은은히 배어 있어 쑥스럽습니다.

(칭찬을 듣는 건 언제나 좋지만) 저는 제 방식에 특출남을 느끼지 못해서 뭐라고 대답하면 좋을지 머쓱하기도 하고, 부끄러워 솔직하고 의미 있는 대답을 드리기가 영 쉽지 않습니다. 다만 그 모든 민망스러움에도 불구하고, 이 질문에 대한 답을 꼭 드리고 싶어 오랜 시간 동안 고민을 이어가고 있었습니다.

이 질문을 한 겹 한 겹 떼어 보면

"좋아하는 노래를 찾았을 때 어떻게 하면 그와 비슷한 노래를 찾을 수 있을까요?"

"좋은 셀렉션이나 큐레이팅을 제공하는 인

물, 장소를 어떻게 찾을 수 있을까요?"

이처럼 수단적인 질문을 포함한 것일 수 있습니다.

또는,

"내가 진정으로 좋아하는 것이 무엇인지 어떻게 알 수 있나요?"

"늘 쉬이 찾는 것 외에 다른 것들을 어떻게 하면 더 열린 마음으로, 더 많이 접할 수 있을까요?"

이와 같은 태도에 대한 질문으로도 해석할 수 있겠네요.

처음에는 크고 모호한 질문처럼 보였지만, 세분화해 보면 실마리를 충분히 찾을 수 있겠다는 생각이 들었습니다. '좋았던 노래와 유사한 노래를 찾는 방법'이나 '즐겨 찾는 것 바깥의 것들을 접하는 방법'에 대한 내용을 하나하나 적어 내려가다 보니 그 답변은 매뉴얼 내지는 생활 양식의 모습을 하고 있었습니다.

이어서 이러한 행동 양식을 언제, 어떻게 터득했는지 곰곰이 생각해 보게 되었고, 그것을 갖추게 된 계기나 에피소드, 그리고 그 밑에 있는 마음까지도 나눌 수 있겠다는 생각이 들었습니다. 그 모든 이야기의 파편을 조합해 보면 의미 있는 무언가가 도출될 거라는 확신을 따라간 결과가 바로 이 책이 되었습니다.

이 책에서는 자신이 어떤 것을 좋아하는지 알아가는 방법을 설명합니다. 좋은 노래를 만나기 위해서 따라 해 볼 방법을 제목으로 하고, 자세히 풀어서 써 보았습니다.

물론 어디까지나 제 경험에 빗댄 것이기에 페이지 곳곳이 개인적인 체험의 순간들로 채워져 있습니다. 그래서 다소 개인적인 글이 될 수밖에 없었지만, 그럼에도 불구하고 모두에게 보편적으로 다가갔으면 하는 욕심이 있습니다.

이 책을 읽으신 분들이 앞으로 좋아하는 것들을 보다 잘 발견하게 되거나, 취향을 보다 잘 마주하는 사람이 된다면 더없이 기쁠 것 같습니다. 매일 좋은 노래를 들어도, 아직 못 들어본 좋은 노래들이 쌓여 있어 초조하면서도 충만한 기분을 느끼길 바랍니다. 나아가 제 삶의 장면들을 통해 자그맣고 소중한 공감이나 위로를 한 페이지씩 얻어 가는 사람들까지 생긴다면 저에겐 너무나 특별한 경험으로 다가올 것 같습니다.

다시 질문으로 돌아가서, "세훈 씨는 어떻게 노래를 찾아 듣나요?"라는 질문을 걸어 둔 채, 준비한 답을 다시금 살펴보았습니다. 그러고 보니 제가 노래를 찾는 방법이 아니라, 노래들이 저를 찾아오도록 하는 방법에 가깝다는 생각도 듭니다. 수많은 노래가 고맙게도 제 삶을 채우고 있는 것이라고, 그런 노래들이 와 주어서 매일 같은 하루가 되풀이되지 않고, 다채로운 색깔의 오늘이 또 찾아왔다고요.

♫ 조월 - 식목일

저는 이 노래를 들으면 울창한 산을 걸어 올라가는 풍경이 떠오릅니다. 등산은 대체로 고되고 외로워서, 인생과 닮아 있습니다. 가끔 멈춰서서 신선한 공기를 들이마시거나, 근사한 풍경을 눈에 담거나, 한 봉우리의 정상에 올라 감상을 굴릴 때처럼 좋은 순간들이 분명히 있다는 점도 그렇고요. 그런 순간을 기대하면서, 대체로 숨이 차는 한 발짝 한 발짝을, 귀에 이어폰을 꽂은 채 씩씩하게 걷습니다. 이 곡의 가사처럼, 삶에 노래와 춤이 있어서 다행일 따름입니다.

♫ W(Where The Story Ends) - 소년세계

어른이 되려면 해야 하는 것이 참 많습니다. 그런데 저는 어른이 되고 싶었던 적이 한순간도 없었습니다. 어른보다 소년을 묘사하는 심상 중 제 취향인 것들이 더 많아서요. 하지만 시간이 흐르다 보니, 어른이 안 되려면 애써야 하는 것들이 점점 많아지더라고요. 무언가를 거스르는 일은 버거울 때가 많지만, 그럴 때마다 이런 노래를 들으며 기운을 얻습니다.

02.

노랫말 읽기

저는 음악을 정말 좋아해서 음악 만드는 일을 업으로 택해 살고 있지만, 의무 교육 수준 이상의 음악 교육은 단 한 번도 받은 적이 없습니다.

비전문가에 가까운 저는 스튜디오에서 오가는 스태프들의 전문 용어에 넋이 나간 적도 많고, 독학으로 열심히 익힌 디제잉이나 프로듀싱이 어느 수준에서 막혀 더는 나아지지 않는 경험도 많이 했습니다.

이런 순간들을 극복하기 위해서는 저만의 노력을 해야 했습니다. 그중 가장 단순하고 즐거웠던 것은 좋아하는 노래를 귀 위로 마구 쌓아 보는 일이었습니다. 비유하자면 개념을 익히기 위해 기출 문제를 모아서 풀어 보는 것입니다. 좋게 들리는 노래에는 분명 좋은 이유가 있을 테니까요.

먼저, 좋게 들었던 노래의 크레딧을 면밀히

살펴봅니다. 그중에서도 작사, 작곡, 편곡의 이름을 가장 먼저 확인합니다. 어떤 작곡가가 멜로디를 쓰고 비트를 만들었는지, 어떤 연주가가 어떤 악기로 소리를 채웠는지, 어떤 프로듀서가 앨범을 이끌었고, 어떤 기획자가 이들을 모았는지. 이 중에서 마음을 저격한 요소를 찾고, 그 이름을 따라 그가 참여한 다른 작품들을 먼저 찾아 보는 것이 아주 좋은 힌트가 되었습니다.

이렇게 모은 이름들을 서로 거미줄처럼 엮어 놓습니다. 그렇게 하면 내 취향의 작가들은 물론, 나아가 그들 사이의 케미스트리도 발견할 수 있습니다(이를테면, '이 작곡가와 이 프로듀서 조합이라면 필승이다!').

이 거미줄 노하우를 알게 된 덕에 노래를 훨씬 더 쫀쫀하게 찾아 들을 수 있었고, 어떤 요소가 좋은 음악을 구성하는지 대략 감을 잡을 수 있었습니다.

　물론 사람마다 좋게 들리는 음악도, 감상하는 성향도 다르고, 그로 인해 좋은 음악을 찾기 위해 주목하는 크레딧의 이름도 달라집니다. 어떤 사람들은 귀에 달콤하게 감기는 멜로디, 어떤 사람들은 심장이 반응하여 춤을 유발하는 트랙, 어떤 사람들은 아티스트 본연의 매력, 어떤 사람들은 아티스트가 빚어낸 서사, 혹은 콘셉트나 세계관을 좋아하죠.

　저에게 있어서는 가사가 제일 중요한 부분이었습니다. 어찌 보면 가사는 음악의 구성 요소 중에서 가장 음악적이지 않은 것이지만, 사람들은 결국 멜로디에 붙은 가사를 따라 부르며 그 노래를 기억한다는 점에서 가사야말로 청중에게 가장 가까운 요소라고 믿게 되었습니다. 앞서 말했듯 음을 다루는 일에는 전문가가 아닌 저도, 이만큼이나 음악에 빠져 버리게 되었으니까요.

돌이켜보면 감동적인 가사 한 줄 때문에 그 노래에 하염없이 몰두하게 된 순간이 정말 많았습니다. 공감되는 가사 한 줄에 위로받고 벅차올라서 혼자 감정을 추스른 경험도 수없이 많았습니다. 라임을 절묘히 배치한 랩을 들을 때마다 혼자서 조용히 탄성을 지르고, 그 라임 부분을 타이밍 맞춰 따라 부를 수 있게 조용히 입술을 움직여 연습해 보곤 합니다. 아름다운 표현이 가득한 가사를 괜히 노트에 옮겨 적어 볼 때면 시인이 된 기분이 듭니다.

저처럼 작가나 연주자가 아닌 사람은 '음악을 만든다'는 말을 입 밖으로 내기 민망할 때가 많습니다. 하지만 가사로 말미암아 음악을 이해하기 시작했던 저이기에, 가사로 노래에 푹 빠지는 경험은, 음악을 좋아하는 사람이라면 누구나 해 봤을 거라고 굳게 믿고, 그런 마음으로 A&R 일을 하고 있습니다. 열심히 누군가의 앨범을 만들고 있는 요즘에도, 아티스트가 하고 싶은 이야기를 가사로 만드는 걸 돕는 일이나 여러 곡의 가사를 통해 앨범의 서사를 엮는 일이 가장 재밌는 부분 중 하나입니다.

좋은 노랫말을 칭찬할 때 으레 '시적이다'라는 말을 쓰지만, 엄밀히 말하면 노래하는 이와 가사에 붙은 음정의 존재 때문에 노랫말은 여타 문학 장르가 주는 감흥과 차별화되는 매력을 가집니다. 같은 멜로디에 몇 개의 음절을 붙일지 선택하는 것부터 작사가의 몫입니다. 멜로디 한 음 한 음에 잘 달라붙는 단어를 고르고 운율을 맞추면서 동시에 어떤 이야기를 펼쳐 나갈지 생각합니다. 그리고 그 이야기를 부르는 아티스트가 반짝반짝 빛나게 만드는 작사에 이르면, 제 취향에 완벽히 닿습니다.

언제나 제 마음을 울리는 한국의 소중한 작사가 4명을 소개합니다. 이들이 쓴 가사를 꼭 함께 읽으면서 노래를 들어보시길 권합니다. 저와 같이 '노랫말'이라는 장르의 팬이 많아지길 바라며.

강승원

위대한 소설은 모두 첫 문장이 좋다는 속설이 있죠. 강승원 님이 작사한 노래는 첫 소절과 동시에 늘 귀를 단번에 잡아끕니다.

- **서른 즈음에**
  김광석
- **태양계**
  성시경
- **무중력**
  Zion.T

황현

점차 감정선이 고조되는 가사를 정말 잘 씁니다. 한 줄 한 줄 시간이 갈수록 점점 더 노래에 빠져들게 만듭니다. 노래를 듣기 전과 후의 기분을 바꿔버릴 정도로 몰입력 높은 가사를 씁니다.

- **사랑하게 될 거야**
  온앤오프
- **방백**
  SHINee
- **나의 모든 순간**
  NCT 127

오태호

수려한 우리말로 적어 내려가는 노랫말이 참 좋습니다. 조심스럽게 상대방의 손을 꼭 잡는 듯한 사랑의 모양을 노래하는데, 제가 좋아하고 동경하는 사랑의 모습과 닮아 있어서 좋습니다.

- **내 사랑 내곁에**
  김현식
- **또 다른 시작**
  서지원
- **한사람을 위한 마음**
  이오공감

WOODZ

싱어송라이터는 자신이 써 내려간 멜로디에 자신이 쓴 가사를 붙여 자신이 노래하기 때문에 각별한 감동을 줍니다. 제가 요즘 제일 즐겨 듣는 싱어송라이터. 자신의 지난 사랑 이야기를 자신만의 구어체로 들려주는 듯한 밀착감이 좋습니다.

- **Drowning**
  WOODZ
- **난 너 없이**
  WOODZ
- **내 맘대로**
  WOODZ

<   ≡

🎵 이승환 - 화려하지 않은 고백

▢   ◄◄   ‖   ►►   ✕

"우리처럼 작은 존재들에게 우주의 광대함을 견딜 수 있게 하는 것은 오직 사랑뿐"이라는 칼 세이건의 문장을 좋아합니다. 이 곡의 가사처럼, 이해하기 힘들 정도로 넓은 공간과, 긴 시간 중에서 지금의 친구와 연인과 가족을 만난 것은 이루 표현할 데 없이 신기한 일입니다. 그 사실을 언제까지나 잊지 않겠다는, 화려한 부분은 없지만 진심인 고백. 오태호 님의 가사가 그렇습니다.

<   ≡

🎵 온앤오프 - Beautiful Beautiful

▢   ◄◄   ‖   ►►   ✕

황현 작가님의 가사를 언제나 좋아했지만, 그중에서도 이 곡이 '최애'라고 자신 있게 선언할 수 있습니다. 이 노래를 처음 들었을 때, 당시 하고 있던 고민을 그대로 투시당한 기분을 느꼈습니다. 남들이 가는 길을 가지 말자는 힘찬 외침에, 스스로 가는 길이 맞는지 헷갈리던 인생의 한 단락에서 많은 위로를 받았습니다.

03.

레코드를 사 보기

가수 나얼 님이 어느 인터뷰에서 "(실용음악과 교수로서) 강의를 할 때 학생들에게 무엇을 강조하는가?"라는 질문에 남긴 대답을 참 좋아합니다. 전문적이고 기술적인 조언이나, 추상적이고 정신적인 가르침이 아닌 "음반을 구매하라"는 간결한 대답. 스트리밍 시대가 도래하면서 이전과 달리 음악이 형태를 잃어버렸고, 이 물성의 차이가 그대로 감성의 차이로 이어진다고 강조한 것입니다. 이어서 그는 더욱 다양한 감성을 추구하기 위해서는 CD나 LP와 같은 물리적인 형태의 음반을 소유하는 것이 중요한데, 음반을 가지기 위해 했던 수많은 노력들, 그리고 그 노력과 노력 사이의 수많은 이야깃거리가 감성을 형성하는 기반이 되기 때문이라고 설명했습니다.

저 역시 제일 기억에 남았던 LP 구매 경험을 떠올려 봅니다.

저는 'BTS World Tour: Love Yourself'에 스태 프로 참여한 경험이 있습니다. 2018년 8월 25일 서울 공연을 시작으로, 이어지는 북미, 유럽 투 어를 역시 모두 함께하며 응원봉 파트에서 현장 파트타이머 교육을 맡았습니다(그래서 지금도 방탄소 년단의 응원봉인 '아미밤'은 눈 감고도 수리할 수 있습니다).

투어 사이사이 온 도시를 누빌 생각에 설렜 지만, 현실은 녹록지 않았습니다. 공항, 숙소, 공연장, 다시 숙소, 공연장, 공항으로 이어지는 빡빡한 일정 때문에 이 도시가 어떻게 생겼는지 확인할 시간조차 없었습니다.

그럼에도 불구하고, 여행이 너무나도 하고 싶었던 어린 저는 (팀의 막내니까 단어를 많이 고르고 눈치 를 보면서) 잠시 놀다 와도 되냐고 말을 꺼내는 데 성공했습니다.

식사 시간을 이용해서 안전하게 다녀오라는 허락을 받은 저는 바로 우버를 불렀습니다. 목적지는 할리우드의 레코드 가게, 아메바 뮤직 (Amoeba Music). 건물의 온 벽과 공간이 바이닐로 채워진 곳을 처음 봐서 느꼈던 감동을 아직 잊지 못합니다.

1시간 동안 그 레코드 숲을 헤매다가 힘겹게 고른 2장은 제이 딜라J Dilla의 『Ruff Draft』, 그리고 라디오헤드Radiohead의 『Kid A』였습니다. 좋은 음반을 잘 골랐다고 친절한 인사를 건네 주던 점원분의 미소, 조금은 긴장한 채로 걸어 인앤아웃버거(In-N-Out Burger)에서 햄버거를 포장하고 숙소로 돌아오던 길에 느낀 낯선 거리의 냄새, 두 달여의 긴 투어가 끝나고 마침내 집에 돌아와 새로 산 레코드를 턴테이블에 올려 본 그 벅차고 떨리는 손끝. 그 모든 순간의 오감이 지금도 생생합니다.

이제는 어떤 레코드를 가만히 바라보면 그 레코드를 구매하던 시간과 공간, 에피소드가 자연스레 떠오르는 지경에 이르렀습니다. 한국에선 품절이었는데 독일 쾰른에서 발견한 예지 Yaeji의 『With A Hammer』 핑크 바이닐을 보면 가을비 내리던 축축한 날씨가 떠오릅니다.

일본의 단골 레코드 가게 제트 세트(Jet Set)에서 모았던 물건들을 보면 사장님의 얼굴과 근처 카페의 커피 맛이 떠오릅니다. 서울에서는 마음에 드는 레코드 샵과 주변 가게를 발로 오가며 나만의 지도를 새로 그렸습니다.

레코드를 꺼내면 음악에 앞서 이런 기억들이 먼저 흘러들어옵니다. 이렇듯 직접 시간과 에너지를 써서 무언가를 구매한 경험은 추억과 결합됩니다. 몸을 쓰며 체득한 경험은 이런 결합을 가속하는 것 같다는 생각이 듭니다.

음악과 관련된 많은 상품 중에서도 레코드를 특히 권하는 이유는 레코드의 특성 때문입니다.

액자 대신 걸어놔도 좋을 만큼 큼직한 아트워크, 속지에 적힌 이름들, 동그란 도넛반 가운데에 브랜드처럼 새겨진 레이블과 수록곡 제목들, 나이테처럼 생긴 요철이 품은 음가들. 요소마다 근사한 미학을 품고 있습니다.

거기에 더해 중고 레코드의 세계로 들어서면 깊이가 더욱 깊어집니다. 레코드판의 안과 밖에 그 음악을 사랑했던 사람들의 흔적이 빼곡하게 쌓여 있다는 상상을 해 봅니다. 처음 새 레코드판을 산 사람부터, 중고로 이 레코드를 샀던 모든 이들이 이 음악을 정말로 좋아하고 알아보았기 때문에 사고판 것이니까요. 이 레코드 하나로 몇 명이, 몇 겹의 이야기를 주고받았을까요? 그리고 그 이야기가 고스란히 내려앉은 레코드가 제 손에 들어오는 상상을 해 봅니다. 음악뿐 아니라 겹겹이 쌓인 소중한 기억까지 함께 턴테이블 위에서 돌아가는 상상을 해 봅니다.

LP 판매량이 매해 새로운 기록을 세우는 것을 보면, 지금의 LP는 단순히 '레트로'라는 키워드만으로는 설명하기 힘든, 음악을 특별하게 대하는 방법의 하나임이 분명합니다. 그렇기에 저는 턴테이블이 없더라도 LP를 하나 정도 구매해 보길 권합니다. 이 글을 읽고 첫 레코드를 사러 가는 기적이 발생한다면, 저의 이 글도 함께 그 소중한 에피소드에 넣어 주길 바라요.

♫ 나얼 - Baby Funk (Extended Ver.)

◻️ ⏪ ⏸️ ⏩ ✕

제목에 붙은 펑크(funk)적인 매력뿐 아니라, 디스코와 R&B의 향기도 배어 있는 매력적인 넘버. 그가 수집하고 살펴보았을 다양한 레코드를 자연스럽게 상상하게 됩니다. 그가 자신의 유튜브 채널에서 그간 수집한 바이닐로 디제잉하는 콘텐츠를 떠올려 보며, 얼마나 많은 이야기를 만들고 소화했을지, 그리고 그 모든 영감을 이렇게 듣기 편하고 산뜻한 곡으로 만들기까지의 과정에 경외감을 느낍니다. 그중에서도 10분에 가까운 길이의 Extended Ver.를 추천합니다. 아침에 커피를 내리면서 들으면 언제나 후회 없는 선택이 됩니다.

♫ 방탄소년단 - Magic Shop

◻️ ⏪ ⏸️ ⏩ ✕

'BTS World Tour: Love Yourself'의 공연이 본격적으로 시작되면 저는 객석과 가장 가까운 복도 부스에 앉아 대기했습니다. 응원봉 담당이었던 만큼 공연 중 응원봉 연동이 잘 안 되는 사람들을 빠르게 돕기 위한 배치였죠. 덕분에 게이트 틈으로 흘러나오는 음악을 조금씩 즐길 수 있었습니다. 「Save Me + I'm Fine」은 공연마다 들어도 소름이 돋았고, 서울 콘서트에서는 직접 「전하지 못한 진심」의 무대를 보았는데, 정말 압도적이었습니다. 투어를 마치고 가장 좋아진 곡은 「Magic Shop」. 팬들이 사랑을 가득 담아 따라 부르는 곡 중 하나였는데, 첫 음이 떨어지자마자 머릿속에 보랏빛 파문이 퍼집니다.

04.
모닝 루틴에 음악 곁들이기

한 번 잠이 끊기면, 다시 눈을 꾹 감아도 이미 소용없다는 걸 잘 알고 있습니다. 평화로운 가운데 약 올리는 듯한 알람을 더듬거리며 끕니다. 침대에서 일어날 때는 언제나 단숨에 일어나야 합니다. 조금이라도 긴장을 늦추면 유혹을 이겨낼 수 없다는 걸, 우리는 수년간 쌓은 경험으로 알고 있으니까요.

사람마다 아침 루틴이 다르겠지만, 제가 샤워를 마치고 가장 먼저 하는 일은 커피를 내리는 것입니다. 저는 다음과 같은 방법으로 커피를 내립니다.

- ☕ 주전자에 물을 끓입니다.
- ☕ 원두 30g을 필터용으로 분쇄합니다. 전자저울로 정확하게 무게를 잽니다. 숫자가 딱 떨어지면 기분이 좋으니까요. 원두는 전동 커피 그라인더로 갈아냅니다.

- HARIO V60의 드리퍼와 필터를 이케아에서 산 500ml 계량컵 위에 세팅합니다.
- 끓기 시작한 물을 조금 흘려 필터와 드리퍼를 적십니다. 여과된 물은 버립니다.
- 분쇄한 원두를 필터에 담고, 계량컵을 전자저울 위에 올립니다.
- 물 60g을 붓고 뜸을 들입니다.
- 40초 정도 지난 뒤 물 440g을 두 번에 나눠서 필터 위에 붓습니다. 전문적인 기술은 없지만, 물줄기를 얇게 해 보려고 늘 정성을 들입니다. 카페에서 마주쳤던 바리스타들의 멋진 모습을 떠올리면서요.

이렇게 내린 커피를 든든하게 챙겨 두고 하루를 시작합니다. 이어지는 아침 루틴은 일정에 따라 천차만별입니다. 여유 있는 날에는 텀블러에 커피를 옮겨 담아 산책을 다녀오고, 바쁘게 처리해야 할 일이 있으면 커피를 좋아하는 컵에 옮겨 담은 뒤 바로 컴퓨터 앞으로 향합니다. 또 외출할 일이 있으면 전날 준비해 놓은 외출복으로 갈아입고 보온병에 커피를 옮겨 담습니다.

샤워를 마치고, 커피를 내리고, 그날의 첫 일정을 수행할 때까지 배경 음악으로 틀어 놓는 음악들이 있습니다. 아침 라디오의 DJ가 된 듯한 태도로, 내가 사랑하는 카페들에서 흘러나오는 음악을 떠올리면서 선곡합니다. 악기가 너무 많지 않고, 심하게 시끄럽지 않으면서, 왕창 신나지도 않는, 하지만 갓 내린 원두커피처럼 향긋하고 뜨뜻한 음악들.

♫ 알디토 프라모노(Ardhito Pramono) - 925

침대에 조금 더 비비적거리다가 허겁지겁 뛰쳐나가며 후회하는 아침의 연속. 언젠가 한 번은 평소보다 30분 일찍 일어나 커피를 마시고, 이 곡을 들어보세요. 인도네시아 출신 싱어송라이터가 부른 이 노래 중에서도 *'I work from nine to five'*로 끝맺는 도입부를 참 좋아합니다. 들으면 기분이 금방 산뜻해집니다. 하지만 산뜻한 기분으로 결국 해야 하는 게 일이라서 우리네는 억울한 거죠.

🎵 닫는 곡 2

♫ 엘로이스(Eloise) - Subside

커피 대신 따뜻한 페퍼민트 차를 내리는 것도 좋은 선택입니다.

05.

눈으로 음악 듣기

사실 음악은 귀보다 눈으로 듣는 일이 더 많습니다.

좋아하는 아티스트의 음악이 발매되면 스트리밍 플랫폼이 아닌 유튜브에 제목을 검색해 뮤직비디오를 먼저 체크합니다.

오늘의 BGM은 유튜브에 업로드되어 있는 플레이리스트 중에서 결정하는데, 이왕이면 섬네일이 적당히 취향인 것으로 고릅니다.

15초 단위의 숏폼 비디오를 멍하니 넘기다가 어느 곡이 귀에 걸리면 무슨 노래인지 주섬주섬 찾아보게 됩니다. 영화나 드라마의 결정적인 부분에 흘러나온 삽입곡도 명장면과 함께 플레이리스트에 넣고 아껴 줍니다.

음악은 어느 상황에나 잘 섞여 들어가는 점이 매력이지만, 요즘 들어서는 음악을 진정한 의미로 만나는 것이 영상이 전제된 상황에서나 수월해졌다는 생각도 합니다.

제가 음악을 가장 즐겁게 감상하던 기억 중 하나 역시 영상과 함께였습니다.

고등학교 시절, 쉬는 시간이나 점심시간에 컴퓨터가 내장되어 있는 교탁 앞에 모여서 만든 추억이 참 많습니다. 키보드와 마우스가 서랍식으로 연결된 (그래서 오히려 불편했던) 교실 컴퓨터와, 거대한 텔레비전장, 노래를 틀어 놓고 교실 조명을 딸깍딸깍 켰다 끄며 만든 사이키 조명, 그 안에서 신 내린 듯이 겨뤘던 케이팝 안무 커버, 도저히 혼자 못 보겠다는 말에 다 함께 떨며 확인했던 수험 결과, 방임주의 담임 선생님 대신 반장이 진행했던 자리 배치 사다리 타기 등.

그중 제일 기억에 남는 놀이는 모여 앉아 새로 나온 뮤직비디오를 봤던 것입니다. 여러 케이팝 그룹은 물론이고, 생소한 팝을 추천하는 친구, 간혹 애니메이션 오프닝 곡을 트는 친구도 있었습니다.

반 전원이 기대하고 있던 2NE1의 트리플 타이틀 컴백은 약속한 듯 아껴두었다가 교실의 컴퓨터로 함께 감상했습니다. 큰 화면으로 영상을 보며 실시간으로 많은 사람과 함께 몰입하고, 뮤직비디오가 끝나자마자 어떤 파트가 좋았고, 어떤 멤버가 최고였는지 감상을 주고받았습니다. 또 어느 부분을 다시 돌려 보자고 왁자지껄 외치고, 실시간으로 피드백을 나누는 일이 정말 좋았습니다. 청소년기에 그런 추억을 쌓아서인지 뮤직비디오는 제가 제일 좋아하는 영상-음성 결합물이 되었습니다.

스무 살이 되고 보니 스마트폰과 유튜브 시대가 와서, 이제는 하염없이 자그마한 화면으로 뮤직비디오를 보게 되었습니다. A&R의 꿈을 가지기 시작한 후로는 탐독하거나 숙제하는 태도로 뮤직비디오를 감상하곤 했습니다. 그러다 이제는 영상 집중력이 한 곡 단위가 되는 지경에 이르렀습니다.

그리고 이 과정에서 생긴 믿음이 하나 있습니다. '뮤직비디오에 공을 들이는 아티스트라면, 웬만하면 나쁜 결과물을 내지 않는다'는 것입니다. 음악이 가진 표현을 시각적으로 얼마나 확장할 수 있을지를 고민하는 마음, 그런 마음을 지닌 아티스트가 결과물을 내면, 언제나 즐거운 마음으로 유튜브에 그 노래 제목을 검색해보게 됩니다.

뮤직비디오는 단순히 음악과 영상의 합이 아닙니다. 시대, 장르, 아티스트, 곡마다 노래와 비디오의 화학 결합은 달라지며 감상자에게 독특한 경험을 제공합니다. 팬덤의 수요에 답하기 위해 꼭 군무와 멤버 얼굴 클로즈업을 넣는 케이팝 장르의 뮤직비디오, 손바닥만 한 스마트폰

화면을 의식한 작품, 또는 유튜브에 넘쳐나는 영상들 사이에서 조금이라도 돋보이기 위한 아이디어. 뮤직비디오는 이제 음원의 가장 큰 프로모션 수단으로 작동하기도 하고, 아티스트의 이미지를 만드는 가장 효율적인 무기가 되기도 하며, 시대의 흐름에 따라 독자적인 역할을 다져가고 있습니다.

음악을 열심히 찾아 듣다가 살며시 권태감이 들 때 뮤직비디오를 통해 음악을 '들어보면' 환기 효과가 그만입니다. 취향의 뮤직비디오를 찾고, 그것을 디렉팅한 사람의 이름을 찾아서 그가 함께 작업한 다른 음악들을 들어보는 것도 한 방법입니다. 물론 이 경우에는 <02. 노랫말 읽기>에서 설명한 사례들처럼 '음악 감상을 위한 쫀쫀한 거미줄이 생긴다'고 말할 수는 없습니다. 그래도 점차 좋아하는 성향의 아티스트와 고집 있게 작업하는 디렉터의 수가 늘기도 하고, 자신만의 색을 가져 비슷한 스타일로 돌아오는 아티스트도 있기에 취향을 찾는 데 좋은 힌트가 됩니다. 이번에는 정말 좋아하는, 평생의 교과서로 삼을 수 있는 뮤직비디오들을 적어보았습니다.

● 에프케이에이 트위그스(FKA Twigs) - cellophane

디렉터: 앤드루 토마스 황(Andrew Thomas Huang)

뮤직비디오의 역할과 목적은 다양합니다. 그중 가장 이상적인 모습을 말하자면, 감상하는 순간에는 음악과 흡착되어 다른 세계로 간 듯한 몰입된 경험을 주고, 0초부터 마지막 초까지 눈을 떼지 못하게 하고, 감상이 끝난 후에는 여운을 남겨 여러 번 다시 보게 하는 것이라고 믿습니다.

이 노래가 좋았다면

○ Ancestress
   비요크(Bjork)

● 방탄소년단 - FAKE LOVE

디렉터: 룸펜스

영상물은 규모감 자체로 미학이 되는 경우가 있습니다. 게다가 아티스트와 디렉터가 꾸준히 호흡을 맞추면서 거대한 세계관을 완성한다면, 그 규모감은 제곱 이상이 됩니다. '케이팝의 양식'은 지키면서도, 미감의 영역에선 타협하지 않은 모습입니다.

이 노래가 좋았다면

○ 피 땀 눈물
   방탄소년단

● 화이트 스트라입스(The White Stripes) - Fell In Love With A Girl

디렉터: 미셸 공드리(Michel Gondry)

영상이 얼마나 더 화려해지는가 역시 좋은 볼거리지만, (보다 적은 예산으로) 얼마나 더 독창적인 소재와 기획을 골라내고 곡과 조화롭게 배치하는가, 그리하여 비디오 그 자체로 곡을 연상시키는 비주얼을 만들어내는가 하는 아이디어 싸움 역시 좋아합니다.

이 노래가 좋았다면

○ Around the World
   다프트 펑크(Daft Funk)

🎵 버글스(The Buggles)
- Video Killed the Radio Star

'MTV'라는 채널은 개국 당시 그것을 기념하는 첫 영상으로 이 뮤직비디오를 내보냈습니다. 개국의 순간에 이보다 더 잘 어울릴 수 있는 곡은 없습니다(유튜브에 그 순간을 검색해 보세요('Ladies and gentleman, ……rock and roll')). 이 노래의 가사대로, TV가 탄생하고 라디오는 구시대의 유물이 되었습니다. 유튜브의 탄생 이후 TV 매체가 사양길로 접어드는 지금, 이 곡의 뮤직비디오를 다시 감상해 봅니다. '뮤직비디오'의 다음은 무엇일까요? 끝이 없는 블록버스터? 혹은 스마트폰 세로 화면에 꼭 맞는 무언가?

♫ 트로이 시반(Troye Sivan) - Got Me Started

트로이 시반이야말로 2020년대의 청춘을 지배할 아이콘이라고 생각합니다. 그의 최신 앨범 『Something To Give Each Other』는 1번 트랙부터 마지막 트랙까지 그 자체로 하나의 아름다운 사랑 노래 플레이리스트이고, 그의 몸놀림이 가득 담긴 앨범 비주얼들이 빚어내는 분위기가 그의 모든 음악에 유기적으로 달라붙습니다. 꼭 영상으로도 감상해 보세요.

06.

나만의 결산 만들기

멜론 TOP100 혹은 빌보드(Billboard) Hot 100 같은 차트는 이 시대의 유행가를 한눈에 파악할 수 있는 지표이지만, 사실 그곳에 자리한 100곡이 지금 듣고 싶은 음악을 정확히 고르려는 저나 여러분의 취향을 완전히 겨냥하지는 못할 것입니다. 한 달, 일 년, 시간이 지나며 차트가 계속 업데이트되어도요. 그 100곡 중 몇 곡이나 소중한 제 플레이리스트에 남을까요.

이런 마음을 가진 사람들을 위해 영점을 조정하려는 여러 시도가 생겨났습니다. 장르별 차트를 만든다든지, 신곡만 추려서 들을 수 있도록 플레이리스트를 만든다든. 또한 감상 데이터를 기반으로 서비스를 사용자화해서 취향의 곡을 보다 쉽게, 보다 자주 발견하도록 하는 추천 서비스도 점차 늘어나고 있습니다.

이런 시도들은 처음에는 적중률이 좋았지만, 저의 경우에는 쓰면 쓸수록 결국 추천의 정밀도가 일정 수준에 그친다는 인상을 받았습니다. 과녁으로 치면 7점이나 8점만 계속 맞추는 느낌이랄까요? 10점이 아니면 만족이 안 되는 한국인 장세훈은, 여전히 나만의 차트와 나만의 플레이리스트가 가지고 싶습니다. 트랙이 언제까지고 이어져도 좋을 노래만 듣고 싶으니까요.

이런 마음으로 나만의 플레이리스트를 만들 여러분에게 두 가지 유형의 결산 놀이를 제안합니다.

▶ 2개월마다 발매곡 체크하기

스스로 적당한 주기를 정해서 그 기간 내에 들었던 곡 중 가장 좋은 것을 고릅니다. 오늘 하루 들었던 노래 중 가장 좋았던 것을 일기처럼 적어 모아도 좋고, 주말마다 지난주에 발매된 곡들을 체크해 봐도 좋고, 시간 단위를 월간 또는 연간으로 큼지막하게 정해도 좋습니다.

자신의 기질을 따져 실패 확률이 가장 적을 것 같은 나만의 주기를 정하는 것이 좋습니다. 저는 2개월마다 그사이 발매된 곡들을 살펴보면서 발견하고 상기하는 편입니다. 1월부터 2월, 3월부터 4월……, 짝수달의 마지막 날에 두 달 동안 좋았던 작품을 10개에서 15개까지 선정합니다.

제가 주기를 2개월로 정한 이유는, 하나, 1개월로 정했을 때는 종종 취향에 맞는 곡이 충분치 않다는 인상이 있었기 때문입니다.

둘, 주기를 너무 짧게 잡으면 객관적이지 않을 때가 많았습니다. 온종일 한 곡만 들은 날도 있고, 한 주 내내 열심히 일하느라 노래는 한 곡도 듣지 못하는 때도 있으니까요. 그렇다고 해서 6개월마다, 또는 연말에 몰아서 정하려고 하면 늦게 나온 노래들이 아무래도 유리하겠지요?

▶ 연말 어워드

연말이 되면 그간 야무지게 골라둔 노래들을 모아서 부문별로 시상합니다. 올해의 앨범, 올해의 노래, 올해의 신인과 같이 어떤 시상식에든 있는 부문은 언제나 무난하고 좋습니다. 올해의 랩 뮤직, 올해의 케이팝, 올해의 눈물송, 올해의 노동요, 올해의 발견 등의 세부 영역도 유의미합니다.

시상 부문은 지극히 개인적일수록 재미가 좋고, 깐깐하게 정할수록 플레이리스트의 질이 좋아집니다. 시상식을 보면서 '왜 이 작품에 상을 안 줘?' 하고 화낸 경험이 한 번이라도 있다면, 그 마음을 되새기면서 더욱 깐깐하게 심사하길 권합니다. 이 어워드의 심사 위원은 당신이니까요.

2023년 sehooninseoul 어워드의 결과 중 일부를 공유합니다.

2023년의 랩 뮤직:
빈지노, 「NOWIZKI」

나의 20대에 「Always Awake」의 새벽과, 「Time Travel」의 청춘을 선물했던 사람이 사랑 덕분에 인생이 아름답다고 말해준 것, 감동이었습니다.

2023년의 인생의 구원자:
결속 밴드(結束バンド)

2023년 가장 많이 재생한 앨범의 아티스트. 이 노래가 나오는 애니메이션 '외톨이 THE ROCK!(ぼっち・ざ・ろっく！)'도 정말 좋았지만, 그것과는 별개로 어느 순간부터는 이 노래를 듣지 않으면 하루를 열 수 없게 되어 버렸습니다.

2023년의 한 곡 반복:
키스오브라이프(KISS OF LIFE), 「Sugarcoat」(NATTY Solo)

가요계에서 특정 순간을 포착해 그 찬란함을 재현하려는 시도는 꾸준히 있었지만, 제가 어렸을 때 정말로 좋아했던 것을 구현해 주는 사람은 아직 없어 아쉬웠습니다. 그런데 갑자기 2023년 버전 '애니콜 팝'이 나타났습니다.

이런 놀이를 꾸준히 반복하면 10점 만점에 10점짜리 플레이리스트를 만들 수 있습니다. 하지만 결코 난도가 낮은 행위는 아닙니다. 저도 일생에 걸쳐 꾸준히 시도해 봤지만, 선정 기준을 마련하고 곡을 골라내는 노하우를 마련하기까지 많은 시간이 걸렸습니다. 게다가 만족스럽고 꼼꼼하게 결산해낸 적은 기껏해야 두 번 정도입니다.

그중 한 번은 마음이 맞는 친구들과 함께했을 때였습니다. 연말에 안락한 가게에 모여 엄정하게 수상작과 심사평을 나눴습니다.

이 놀이가 재밌었다면 영역을 음악 밖으로 확장해 보는 것도 추천합니다. 이를테면, 올해의 영화, 올해의 드라마, 올해의 광고, 올해의 책. 아니면 올해의 '아차차!', '기뻤던 순간', '정말 힘들었지만 잘 흘려보낸 순간' 등.

마음 맞는 친구를 찾는 게 어렵다면, 저를 친

구 삼아 제 결산을 참고해 보세요. 언젠가 구독자분들, 독자분들과 같이 결산을 나누는 자리를 만드는 것도 꿈꿔 봅니다.

닫는 곡 1

♬ 강지원 - only u

2023년 한 해 들은 곡이 참 이것저것 많았지만, 그중 가장 애틋하게 아낀 것은 바로 이 곡입니다. 제가 제작에 참여한 노래를 소개하고 싶지는 않았지만, 그럼에도 불구하고 정말로 좋아해서 참을 수 없었습니다. 사랑하는 사람과 손을 꼭 잡고 우주를 떠다니는 풍경이 떠오르는 노래입니다.

닫는 곡 2

♬ 언니네 이발관 - 순간을 믿어요

나쁜 기억들은 다른 것보다 냄새가 더 진해서 사람을 끝내 기진맥진하게 합니다. 탈취를 위해서는 빛나는 순간들을 더 의식해서 모아두고 기록해야 합니다. 하루, 한 주, 한 달 단위로 좋았던 순간들은 분명히 있습니다. 아무리 생각해 봐도 없었다면 오가며 좋게 들은 노래라도 남겨 보세요. 그리고 시간이 조금 흐른 뒤 그 기록을 돌아보세요. 영원한 것은 어쩌면 그러한 순간 속에 있습니다.

07.

음악과 함께 대중교통 타기

버스와 닿은 좋은 기억은 학창 시절로 거슬러 올라갑니다.

저는 집에서 조금 거리가 있는 고등학교에 다녔습니다. 집 앞 정류장에서 시내버스를 타면 학교까지는 거의 30분이 걸렸습니다. 학교는 늘 학생들에게 도서관을 야간 개방해 주었고(3학년에게는 지정석 혜택도 주었습니다), 저는 늘 밤 10시까지 꽉 채워 공부하는 학생이었습니다.

상쾌한 밤공기를 만끽하며 교문을 나서면, 버스를 타고 집에 돌아왔습니다. 그 시간대의 버스에는 사람이 거의 타지 않고 창문 밖도 고요해서 그 큰 차를 제가 통째로 빌린 것 같다는 유치한 생각을 하곤 했습니다. 넥스트 트랙 버튼이 고장 난 낡은 CD 플레이어로 (어쩔 수 없이) 1번 트랙부터 차례로 노래를 듣기도 하고, 야간자율학습 때부터 듣고 있던 라디오를 이어 듣기도 하면서요.

이런 추억으로 보정됐기 때문일까요? 버스는 도로와 날씨 상황에 영향을 많이 받아 다른 대중교통에 비해 불편한 점이 많지만, 저는 비슷한 거리라면 여전히 버스를 고릅니다. 일이 있는 하루가 밝으면 익숙하게 버스에 오릅니다.

출발의 버스는 활기찹니다. 기사님께 밝은 목소리로 인사도 건네고, 굳이 앉아 가기보다는 손잡이를 잡고 서서 리듬을 타며 갑니다. 창문 밖 풍경을 유심히 보면서 '오늘은 공기가 맑아서 남산타워가 다 보이네', '얼마 전까진 나뭇잎이 무성했는데 어느새 가지치기를 다 했네' 하고 순간순간을 눈으로 찍습니다. 그럴 때는 맑아진 마음을 닮은 보사노바를 골라 듣습니다.

집에서 직장, 혹은 집에서 작업실과 같은 반복적인 루트에서 벗어나, 가끔 새로운 장소로 가는 길의 풍경은 더욱 좋습니다. 창밖을 내다 보다가 흥미로운 음식점이나 가게라도 찾으면 휴대전화 지도 앱의 실시간 위치를 확인해 체크해 둡니다. 막연한 미래에 다시 찾아올 것을 기약하면서요. 그런 설렘에 어울리는 장르는 역시 인디 팝입니다. 간질거리는 마음과 닮은 기타 리프를 고릅니다.

일과를 힘겹게 마치고 집으로 가는 길에도 버스에 오릅니다. 도착의 버스는 출발의 버스와는 달리 기운이 쪽 빠져 있습니다. 기사님께 고갯짓으로 겨우 인사하고, 운 좋게 빈자리가 있으면 털썩 주저앉습니다. 흔들리는 창문처럼 집에 가는 내내 한참을 흔들리면 고단함이 진하게 배어 나옵니다. 미지근한 물에 긴 시간 방치된 티백이 된 기분입니다. 하루의 피로를 온몸으로 느끼다가 창문에 이마를 대고 눈을 감아 봅니다. 이럴 때는 마음을 가라앉힐 수 있는 음악을 고릅니다. 빠르지 않은 템포의 재즈 힙합, 혹은 악기 수가 많지 않은 연주곡. 계절 불문 서늘한 감촉이 느껴지고, 흘러나오는 음악에 집중하게 됩니다. 기분이 조금은 좋아집니다.

산뜻한 출근길에도, 기가 다 빨린 퇴근길에도 노래는 늘 함께였습니다. 이동 시간을 조금이라도 짧게 하고자 유튜브를 보거나 모바일 게임을 하거나 책을 읽는 분도 계시겠지만, 저는 멀미를 하는 편이라 그럴 수가 없습니다. 가만히 눈을 감은 채 생각을 멈추고 음악에만 집중하는 게 제일 좋더라고요. 음악을 배경으로 깔고 다른 활동을 할 때와는 달리, 순전히 음악에 집중할 수 있기 때문에 이때 플레이리스트의 초안을 착안하는 경우가 많습니다.

출근길의 설렘과 퇴근길의 위로, 어쩌면 작은 명상 혹은 큰 창작의 시간, 그 한가운데에 위치한 노래. 창문 밖에는 언제나 사랑하는 서울의 모습이 가득합니다.

♫ 피스쿨(P'Skool) - 19th Step

2009년에 나온 프로듀서 프라이머리의 프로젝트 앨범입니다. 당시에는 앨범 판매 사이트를 겸했던 커뮤니티 '힙합플레이야'에서 링크가 열리자마자 구매했던 기억이 생생합니다. 빈지노가 객원 래퍼로 참여해 처음으로 리스너들에게 이름을 알린 이 앨범, 정말 많이도 돌려 들었습니다. 앞서 언급했듯 고장 난 CD 플레이어 때문에 아무래도 앨범의 초반부를 제일 많이 들었는데요, 3번 트랙이었던 이 곡은 한창 입시를 준비하던 고등학생 장세훈의 심금을 울렸습니다. 한국의 고등학생들은 왜 이렇게 부담스럽고 후들대는 감정과 기대를 소화해야 하는 걸까요……

♫ 크러쉬(Crush) - 2411

제일 좋아하는 버스 로맨스 송. 서울에서 찬란한 꿈을 꿀 때면 사랑하는 사람들의 걱정이 자연스레 나를 따라다닙니다. 사실 제일 걱정스러운 건 나인데. 그래도 그 꿈의 아름다운 조각을 잠깐 엿보고 굳게 믿고 있는 것도 나니까, 계속 해 봐야겠습니다.

08.

시간을 빨아들여 듣기

간판 한편의 'Since' 옆, 즉 그 가게의 시작점을 나타내는 자리에 엄청난 숫자가 쓰여 있을 때, 또는 값져 보이는 와인이나 위스키의 라벨에 적혀 있는 연도를 볼 때 느껴지는 압도감이 있습니다. 시간은 사람이 만든 상대적인 개념이지만, 달력과 시계에 인지가 맞춰진 우리에게 다가오는 특별한 감각이 분명히 있습니다.

시간에 대한 경외감에는 두 종류가 있다고 생각합니다. 하나는 시간이 누적되어서 오는 강렬함. 이를테면 오래된 유적을 맞닥뜨렸을 때 느끼는 압도감 같은 것 말입니다. 또는 거장의 누적된 디스코그래피나 필모그래피를 처음부터 마지막 작품까지 높은 산을 등반하듯 올라갈 때 느끼는 벅참이 있겠네요.

다른 하나는 시대를 앞서갔다는 말로 표현되는 초월감. 곡 제목 옆에 처음 그 곡이 세상에 공개된 연도를 적어 봅니다. 김트리오, 「그대여

안녕히」, 1979. 유재하,「내 마음 속에 비친 내
모습」, 1989. '어떻게 이런 감각의 노래가 이 시
대에' 하는 감탄사가 절로 나오는 음악들. 다른
표현으로 치환하면 시간이 훌쩍 지나도 여전히
좋을 음악들. '세련됐다'라는 수식어조차도 가
볍고 우스울 정도로, 영어로는 'Timeless' 혹은
'Classic'이라는 수식어를 붙이고픈 예술들.

그런 작품을 빚어낸 대가의 삶의 양식, 그리
고 남겨진 기록을 살펴보며 이 노래가 갓 릴리
스되었을 때 들었을 옛사람들의 모습을 떠올려
봅니다. '음악 저장 장치가 없었을 시절에는 살
롱 같은 곳에 모여서 커버 연주를 들었겠지?',
'기가 막힌 신인이 나타나면 흥분해서 감상평을
나눴겠지?' 하고 말이에요.

그리고 지금 발매된 음악 중 무엇이 이런 식
으로 전해질지 생각해 봅니다. 시간이 흐른 뒤
에는 어떤 앨범을 감탄하며 듣고, CD 가격은 얼

마나 오를까 상상하며 즐거워합니다. 나사(NASA)가 달 탐사 우주선에 플레이리스트를 탑재한다는 기사를 읽고 아주 먼 미래에 우주인이 케이팝을 즐기는 상상도 해 봅니다.

상상의 끝은 제가 크레딧에 이름을 올린 많은 음악이 시간이 흘러도 계속해서 사랑받는 것입니다. 제가 참여한 음악들이 모두 시간의 꼬리표를 뗀다면, 제가 그것을 직접 보진 못하더라도 얼마나 뿌듯할까요?

레코드 가게에서 데려온 옛날 음악이 정말 좋을 때에는 그 발매 연도와 크레딧을 정보 삼아 거미줄을 뻗어보기도 합니다. 또는 특정한 연도를 정하고, 그 해를 기준 삼아 음악을 감상해 보면 각별한 재미가 생깁니다. 연도를 정하는 방법에는 한계가 없지만, 제가 택한 몇 가지 예시를 소개해 봅니다.

▶ 개인적으로 특별한 의미가 있는 해

라디오를 달고 살았던 2010년이 제일 먼저 떠오릅니다. 야간자율학습을 하면서 '볼륨을 높여요', '친한 친구', '별이 빛나는 밤에' 같은 라디오를 듣던 밤들. 라디오를 통해 매일 새로운 노래를 발견하기도 하고, 한 해 히트곡의 흐름을 꿰고 있기도 했습니다. 그해의 음악을 지금 다시 들으면 입시의 중압감에 눌린 고등학교 교실의 풍경이 (그땐 그렇게 지긋지긋했는데도) 그리운 감정을 가득 묻힌 채 떠오릅니다. 가끔은 누군가에게 소중한 해가 언제인지, 그리고 그것에 얽힌 이야기는 무엇인지 묻고, 그때 발매된 음악들을 살펴본 뒤, 나중에 그 사람에 대한 마음이 커지면 노래를 엮어서 선물하곤 합니다. (전 이런 게 MBTI 이야기보다 더 재밌어요!)

▶ 올해로부터 10년 단위로 되감기를 한 해

'10년이면 강산도 변한다'는 말도 있고, '10년 주기로 유행이 돌아온다'는 속설도 있죠. 10년 전, 20년 전으로 무작정 태엽을 감아서 그때의 음악을 들어 보면 새로운 감흥을 느낄 수 있습니다. 제 채널의 플레이리스트 중 '2002년의 사랑은, 미디엄 템포'는 20년 전의 기억을 훑다가 의외의 에너지를 발견하면서 탄생했습니다.

▲ 2002년의 사랑은, 미디엄 템포

▶ 생일 축하해

태어난 해에 발매된 음악을 듣는 건 그 행위 자체로도 각별합니다. 1993년 가을에 태어난 저는 그 언저리에 발매된 한국 음원을 만나면 냅다 북마크하고는 합니다. 마치 아이가 태어난 날의 기사와 잡지를 스크랩해 두었다가 선물하는 부모님의 마음처럼요.

이 새삼스러운 의미 부여를 누군가는 호들갑이라고 생각하며 흘려보낼 수도 있습니다. 1993년 늦여름에 015B의 앨범이 나온 건 우연한 일이고, 제게 그 노래가 좋게 들리는 것이 대체 운

명과 무슨 인과가 있겠냐 싶을 수도 있겠죠. 하지만 음악을 이렇게 즐기면 하루하루가 기념일 같아집니다. 이렇게 작은 새삼스러움을 그러모으면 나만의 연말 시상식이나 기록도 한층 더 깊은 맛으로 즐길 수 있습니다. 이를테면, 좋은 장르 음악이 너무 많이 나온 나머지 아쉽게 수상을 놓친 앨범에 대한 마음도 커지고, 몇 년 연속 상을 타며 기록을 경신한 가수의 숫자들도 의미 있게 다가옵니다. 또 이런 작은 새삼스러움에서 다시금 음악의 대단함을 느낄 수 있습니다. 이런 태도가 음악 듣기와 삶에 재미를 한 겹 더하는 것이라고 굳게 믿고 있습니다.

♫ 김트리오 - 그대여 안녕히

1979년에 발매되었지만, 45년이 지난 지금 들어도 감각적인 그루브를 지닌 곡입니다. 한창 디제잉을 할 때, 세트리스트 마지막에 즐겨 넣었던 곡이기도 합니다. 덧붙이는 에피소드, 김트리오가 한창 활동하던 시절, 나이트클럽에서 공연을 하면 관객들이 춤추기 어려운 음악이라고 자주 항의했다는 이야기가 정말 흥미로우면서도 조금 서글픕니다.

♫ 코나 - 여름의 끝

제가 태어난 해인 1993년에 발매된 앨범 중 가장 좋아하는 가요 앨범입니다. 「여름의 끝」, 「비가 와」 같은 곡을 장마 시즌에 비 오는 창밖을 보며 들으면 방 안이 제습기를 켠 듯 금방 뽀송해집니다.

09.

칭찬과 추천을 주고받기

겸양이 미덕인 사회 분위기 때문일까요? 서울에서 누군가와 칭찬을 주고받는 것은 참으로 민망한 일입니다. 누군가 칭찬을 건넸을 때 상쾌하게 '고맙다'라고 대답한 기억이 손에 꼽을 수 있을 정도로 적고, 오히려 잘 쭈뼛거릴수록 관계에서 높은 점수를 획득하는 듯합니다.

그래도 저는 칭찬을 자주 건네려고 노력합니다. 근본적인 이유는 제가 그런 칭찬을 들으면 (그 내용을 100퍼센트 신뢰하지는 않지만) 마음이 간질거리는 부류의 인간이기 때문입니다. 듣는 사람이 기분 좋았으면 하는 조금 깊은 마음과, 칭찬을 열심히 건네다 보면 나도 그만큼 칭찬을 듣지 않을까 하는 조금 얕은 마음을 더해 '광범위 칭찬 건네기 운동'을 제안합니다.

땀 흘린 노력의 과정이나 값진 성과에 대해 칭찬하는 일은 빈도도 드물고 노력이 많이 드니 좀 산뜻하고 가벼운 것으로 시작해 봅시다. 가벼워서 듣는 사람도 덜 쭈뼛거릴 수 있는 그런 칭찬 말이에요.

그중에서도 취향에 대한 칭찬만큼 좋은 게 없다고 생각합니다. 친구가 입고 온 옷 중에 신경 쓴 듯한 것이 있으면 주저 없이 칭찬합니다(주로 초면인 신발이나 액세서리 등을 칭찬하면 효과가 좋습니다). 직장 동료가 간식을 나눠 주면 그거 정말 맛있었다고, 어디서 알게 되어 산 거냐고 호들갑을 떱니다(나중에 하나 더 얻어먹을 확률이 높아집니다). 좋아하는 영화나 음악 이야기를 나누다가 좋아하는 아티스트의 이름이 나오면 반가움을 앞세워 칭찬합니다. 그러다 보면 저도 그와 같은 칭찬을 받는 사람이 됩니다.

칭찬을 주고받으며 느낀 간질간질함은 곧 행동으로 이어지곤 합니다. 취향에 대한 칭찬을 받는다면, 칭찬을 해 준 사람에게 그 취향과 관련된 추천을 합니다. 소지품에 대해 칭찬받았다면 어디에서 샀는지, 안목에 대해 칭찬받았다면 어떤 계기로 그것을 만나게 되었는지 설명합니다. 책의 시작에서 언급했듯, 제 인생 첫 플레이리스트라고 할 수 있는 편지도 연인의 "넌 어쩌면 그렇게 음악을 많이 알아?", "네가 들려주는 노래는 다 좋아" 하는 칭찬 덕에 더욱 잘 보이고 싶은 마음으로 시작된 것처럼요.

재미있는 건 칭찬을 받아서 추천하다 보니 노래가 더 좋아졌다는 것입니다. 누군가에게 잘 보이고 싶은 마음은 추천에 그대로 더해집니다. 기대하는 마음을 충족시키고 싶은 조금은 깊은 마음, 칭찬을 또 듣고 싶은, 조금은 얕은 마음. 부작용으로 혼자 마구 벅차올라 설명을 늘어놓는 경우도 종종 생기지만, 그런 마음도 다 아끼는 데에서 비롯되었기에 소중합니다. 이왕 추천해 주는 거, 제대로 추천해 주고 싶은 마음에 더 공부하게 됩니다. 제가 열심히 운영하는 유튜브 채널 또한 어쩌면 그런 마음들을 주고받고, 그러다 간질거림이 모이고, 그러다 나타난 무언가일 수도 있겠다는 생각이 듭니다.

이런 마음으로 미루어 보았을 때, 남의 추천을 주의 깊게 들으면 그것 또한 좋은 노래를 찾는 데 유효한 힌트가 됩니다. 타인에게 추천받은 좋은 노래에 대해서는 정성껏 후기를 남기고 칭찬해 봅시다. 후기가 구체적일수록 칭찬의 효과가 좋습니다. 좋았던 이유를 풀어서 쓰고, 그걸 전해 줍니다. 그러면 다시금 좋은 추천이 돌아옵니다. 그것도 이전보다 더 좋은 감도로요! 덧붙여 좋았던 이유를 풀어서 쓰는 행동은 자신의 취향 감도를 올리는 데에도 굉장한 도움을 줍니다.

이렇게 칭찬과 추천의 선순환 바퀴가 돌다 보면 마음이 맞는 동료들을 만나게 됩니다. 고등학교 때는 친구와 각자의 취향으로 가득 채운 아이팟을 바꿔서 들었던 기억이 있고, 대학생 때는 친구들과 밤새 과제를 하던 중 dubtrack. fm*에서 돌아가면서 노래를 틀고, 마음에 드는 노래를 한 곡씩 얻어갔던 기억이 있습니다. 돌이켜보니 그런 시간이 참 소중합니다. 그때 칭찬 바퀴를 돌던 친구들은 지금까지도 즐겁게 만나고 있습니다. 서울에서 레코드 페어가 열리면 함께 가고, 좋아하는 음반이 나오면 서로 추천해 주고, 같이 공연이나 페스티벌도 가는 사이가 되었습니다.

추신.

힙합 밴드 브록햄튼BROCKHAMPTON은 리더 케

----

* dubtrack.fm: 온라인 음악 스트리밍 커뮤니티. 각 주제나 장르별로 채팅창이 나눠져 있고, 참여자는 각자 대기열에서 기다리다가, 자기 차례가 오면 음악을 유튜브를 통해 스트리밍하여 방의 인원들에게 들려 줍니다. 채팅을 통해 노래 이야기를 하거나, 노래를 플레이리스트에 담는 것도 가능합니다. 저는 여기저기를 전전하다가 한국 친구들이 모여 있는, 고정적으로 가는 채팅이 생겼습니다.

빈 앱스트랙트Kevin Abstract가 2010년 카녜이 웨스트Kanye West의 팬 포럼 KanyeToThe에 "밴드 하고 싶은 사람?"이라는 게시글을 올리고, 그 글에 댓글을 단 사람들을 모아서 전신을 만든 것으로 유명합니다. 같은 마음을 가진 친구들끼리 서로의 마음을 위할 때 탄생하는 아름다움이 있습니다.

🎵 더 핀(The Finnn) - 여우에게

남들이 다 듣는 노래는 괜히 듣기 싫었던 어린 날의 투정이 떠오릅니다. 조금 시간이 지나니 오히려 그 사실이 더 창피했다가, 시간이 한 바퀴 더 돌고 보니 그런 몸부림 덕에 어떠한 곡들을 만날 수 있었고, 어쩌면 놓쳤을 수도 있는 감동을 얻기도 했다는 사실에 각별해집니다. 이 곡도 그렇게 만난 곡 중 하나입니다. 델리 스파이스, 언니네 이발관, 검정치마를 돌파한 저에게 또 다른 마니아 친구가 건네 주었던 추천곡 리스트, 그곳에 이 노래가 끼어 있었습니다. 저는 이 곡의 마지막 부분을 특히 좋아합니다. 자칫 흘려보낼 수도 있는 아웃트로에 진심 가득한 가사를 얹은 것이 독특하게 좋습니다.

🎵 케빈 앱스트랙트(Kevin Abstract) - Peach

본문에서 소개한 브록햄튼의 리더 케빈 앱스트랙트의 솔로 트랙입니다. 늦여름 밤의 여유로움이 가득 담긴 노래입니다. 마음 맞는 친구들과 즐겁게 찍은 것이 분명한 뮤직비디오도 꼭 함께 봐 주었으면 합니다.

10.

여름 음악 만끽하기

제가 가장 좋아하는 계절은 여름입니다. 여름을 좋아하는 이유는 수없이 말할 수 있습니다. 숨이 턱끝까지 차오르는 더위 속에서 일과를 마치고 돌아온 집, 서둘러 샤워하고 냉장고에서 시원한 냉침 차를 꺼내다 빈 유리잔에 한가득 채운 뒤 단번에 비우기, 그리고 빨갛고 차갑고 단 수박을 한 입 가득 베어 물기. 친구들을 모아 설레는 마음으로 티켓팅한 페스티벌, 잔에 가득 담긴 맥주. 양념에 비벼 먹다가 다 먹을 즈음 육수를 부어서 마무리하는 막국수. 밤이 깊도록 이야기를 나눌 수 있는 잔디밭, 산책길의 벤치, 편의점 앞 플라스틱 의자. 모래사장과 파도……

하지만 여름이 가장 좋은 이유는 역시 가벼운 옷차림과 가벼운 마음가짐에 있습니다. 겹겹이 옷을 입는 게 거추장스러워 싫은 저는 마음에 드는 반바지와 티셔츠를 가볍게 고르고, 캔

버스화나 샌들에 발을 구겨 넣은 채 집을 나설 수 있는 계절, 여름이 좋습니다. 집에 있는 걸 정말 좋아하는 저지만, 여름에는 나가는 데 소요되는 몸과 마음의 준비가 적어 곧잘 산책을 나가곤 합니다. 그리고 그렇게 비운 몸과 마음의 빈 곳에는 음악이 들어옵니다. 여름에 산책할 때는 블루투스 이어폰을 착용합니다. 땀이 얼굴과 등을 타고 흐르며 티셔츠를 적시고, 그 것을 느끼면서 노래를 들으면 여름은 참 이런저런 음악과 잘 어울린다는 생각이 듭니다. 그래서 조금 더 좋아집니다.

그래서인지 장르 그 자체로 여름의 향취를 담뿍 품은 음악이 많습니다. 수영장과 선베드, 뜨거운 햇살과 커다란 스피커가 떠오르는 하우스 뮤직. 빨간 자동차를 타고 들으면 좋을 것 같은, 언젠가 갔던 여름 도쿄의 밤 풍경이 단번에 떠오르는 시티 팝. 나른한 오후에 야외 테라스가

예쁜 카페에서 한껏 여유를 음미하며 들으면 좋을 보사노바. 질주하는 기타 리프가 시원한 바람처럼 느껴지는 록 밴드 사운드. 끈적한 더위를 감싸 주는 듯한 인디 팝 밴드 사운드. 여름에 어울리는 장르별 플레이리스트를 끼워 넣으면 계절에 대한 기억이 더욱 근사하게 남습니다.

사람마다 좋아하는 파도의 모양과 바다의 모습이 전부 다를 것이라고 믿는 저는, 여러분께 나만의 여름 플레이리스트 하나 정도는 마련해 두는 걸 적극적으로 권합니다. 1번 트랙부터 마지막 트랙까지 섬세하고 신중하게 정한 뒤, 여름 내내 어디에서든 듣거나 틀 수 있을 그런 플레이리스트를 꾸려 보세요.

제가 몇 번의 여름을 거치며 깎아 온 플레이리스트를 소개합니다.

○ **Voyager**
다프트 펑크(Daft Punk)
⋮

○ **Human Dream**
서태지
⋮

○ **비 오는 거리에서 춤을 추자**
김뜻돌
⋮

○ **너의 파도**
바이 바이 배드맨(Bye Bye Badman)
⋮

○ **Last Train At 25 O' Clock**
램프(Lamp)
⋮

○ **Ponteio**
아스트루드 지우베르투(Astrud Gilberto)
⋮

○ **정전기**
캐스커
⋮

○ **Remember Summer Days**
안리(Anri)
⋮

○ **너에게 보내는 노래**
롤러코스터
⋮

○ **Gang Gang Schiele**
혁오
⋮

11.

나만의 아지트 마련하기

한 번도 스무 살을 겪어본 적 없으면서 성인이 되고 싶어 하는 건 미성년의 자연스러운 마음이죠. 친구들은 얼른 어른이 되고 싶다며 면허를 따서 차를 운전하거나, 늦은 시간까지 피시방 또는 노래방에 남아 있고 싶다고 했습니다. 하지만 제가 성인이 되고 싶었던 여러 이유 중 하나는 음주였습니다. 미디어에서 접한 '레코드 바에 앉아 마스터와 음악 이야기를 하면서 홀짝홀짝하는 것' 혹은 '지친 몸을 이끌고 퇴근해 냉장고에서 꺼낸 시원한 맥주 한 캔을!' 같은 게 참 멋져 보였어요.

그런 제가 스무 살이 되고 처음 마신 술은 혼자 순대국밥집에 가서 마셨던 소주입니다. 너무 써서 네 잔도 채 못 마시고, 남은 술을 집에 가져가도 되는 건지 눈치만 보다가 결국 식당에 두고 왔지만요. 제가 올려다보았던 모습들이 이제 보니 참 아저씨 같다는 생각이 들지만, 그렇다고 해도 스무 살 때의 동경이 아직 완전히 가시진 않았습니다. 나중에 어떤 동네에 살더라도 자기만의 아지트가 있는 아저씨가 되길 계속해서 꿈꾸고 있습니다.

'아지트(agitpunkt)'는 본래는 비밀 결사가 작전 수행을 위해 곳곳에 마련한 작은 접선 장소를 일컫는 말이었지만, 점차 의미가 확장되어서 즐겨 찾거나 자주 머무르는 단골 장소를 은유하는 단어가 되었습니다. 저는 한 장소에 마음을 붙이는 데 시간이 오래 걸리는 유형이지만, 한 번 사랑에 빠지면 소중한 사람들에게 "이곳이 내 아지트야!" 하며 권하기도 합니다. '아저씨 동경'을 품고 있는 제게 있어 아지트를 마련하는 일은 정말로 근사한 일입니다. 아지트라는 말이 좀 '아저씨스러움'을 좀 덜어 주는 것 같기도 하고(제 착각일 수도 있습니다), 단어의 울림도 참 좋은 것 같고요.

건강한 삶을 유지하는 방법의 하나는 '생활 터에서의 자아'와 '퇴근 후의 자아'를 조금이나마 분리하는 것이라고 믿습니다. 일상에서 이런저런 일로 스트레스를 받고 때가 묻었을 때 "아지트에 가서 기분 전환해야겠다"라는 소박한 주문을 외워봅니다. 그와 동시에 작은 여행이 시작되고, 금세 다른 차원으로 도망갈 수 있습니다.

퇴근길에 차마 노래 한 곡 고르기도 지쳤을 때, 아지트에 들러 익숙한 주문을 넣어 놓고 그곳에서 틀어 주는 노래를 가만히 듣고 있으면, 자연스럽게 긴장이 풀리고 지금 트는 노래가 뭔지 궁금해 물어볼 수 있을 정도로 체력과 기분이 회복됩니다. 그런 곳에서 찾아 들은 노래는 특별한 감정이 묻고…….

그러나 아지트는 어감 때문인지 조금 거창하

거나 낯부끄럽게 다가오기도 합니다. 말의 무게감 때문에 '사장 혹은 점원분들과 친해져야 하나?' 또는 '나만 알고 인적이 드문, 그런 곳이어야 하나?' 또는 '돈을 많이 써야 하나?'와 같은 생각들이 떠오르고, 망설임을 부추깁니다.

하지만 무거운 마음을 가질 필요 없습니다. 주인과 친해지거나, 많은 돈을 쓸 의무가 하등 없기 때문입니다. 마음을 줄 수 있는 좋은 공간은 너무나도 많습니다. 비밀결사들도 아지트를 자주 바꿨답니다.

아지트의 덕목 중 제가 강조하고 싶은 것은 '타자성'인데요, 정말 비밀 결사가 된 것처럼 소수의 점원 외에는 저를 못 알아볼수록 좋다는 것입니다. 그러려면 확실히 직장이나 학교 같은 생활터와 분리되는 곳일수록 좋습니다. 생활터와 집 사이, 그 중간 지점보다 집에서 조금이라도 가까운 곳이어야 이 분리감을 더욱 촉

진할 수 있습니다. 가는 데에 조금의 긴장감이
라도 발생하는 곳이라면 탈락입니다.

이 기준을 만족하는 제 소중한 아지트를 몇
군데를 소개합니다. 적당히 대화 소리가 깔리는
곳, 그와 섞이는 적당한 볼륨의 노래들이 참 좋
았습니다. 분위기의 힘을 빌려 여행을 하는 기
분이 드는 곳들.

와이(서울특별시 마포구 마포대로4길 32, 2층)

사장님 한 분이 접객과 요리를 도맡아 하는 도화동의 작은 일본식 선술집입니다. 예전에 살던 곳에서 걸어서 3분 거리에 있어 자주 도망을 쳤던 곳입니다.

감자 사라다로 입맛을 돋우고, 추천 메뉴에 있는 튀김류 요리를 하나 먹는 걸 추천합니다. 하나 더 시키자고 하면 오뎅을 꼭 추천합니다. 모둠도 주문하고, 원하는 종류만 골라 단품으로 먹을 수도 있어서 좋습니다(저는 무와 치쿠와를 가장 좋아합니다).

저는 오픈 시간에 맞춰서 방문하곤 했는데, 한 잔씩 하다 보면 어느새 작은 매장이 가득 차 있고, (사장님께서 일본어를 하실 줄 알다 보니) 잔잔한 일본어 대화 소리가 가게를 채웁니다.

브레라(서울특별시 중구 동호로17길 295, 2층)

버티고개에 자리 잡은 이탈리안 식당. 예전에 다니던 직장에서 집까지 오는 길의 버스 환승 장소쯤에 위치해 있어서 마찬가지로 자주 도망을 쳤던 곳입니다. 그날의 마음에 맞는 음료를 하나 시키고(커피부터 와인까지 라인업이 다양해서 참 좋습니다), 전채 요리와 식사 하나를 시킵니다. 이것저것 종류별로 시켜 봤는데 파스타는 늘 제 입맛에 맞았습니다.

퇴근 후에 방문해도 조명이 참 밝은데, 저는 그게 참 좋았습니다. 영어를 할 줄 아는 점원들이 친절하게 단골로 보이는 가족 단위의 손님들을 맞아 주는 모습을 볼 수 있습니다.

 **애시드**(서울 용산구 한강대로 210-1)

삼각지역 11번 출구 인근의 과일 사워 바입니다. 직전에 살던 곳, 그리고 지금 사는 곳에서 30분 정도 걸으면 닿는 곳이어서 자주 들렀습니다. 삼각지에서 1차를 하고, 더 이상 생맥주는 먹기 싫을 때 오면 참 좋습니다.

제철 과일을 이용해서 만드는 칵테일이 시그니처입니다. 여기선 잔 속 과일을 포크로 쏙쏙 집어 먹는 것만으로도 기분이 좋아져서 스낵을 따로 시키는 일이 잘 없습니다.

항상 청량한 밴드 튠이 깔린 분위기가 좋고, 곳곳에 배치된 소품들이 귀엽습니다. 굿즈를 사고 싶은 마음이 세 번 들면 그중 한 번씩만 사자고 마음먹은 후, 제 집을 조금씩 채워나가고 있습니다. 아지트를 닮아가는 집, 집을 닮아가는 아지트.

♫ 마츠바라 미키(松原みき)
- Mayonaka no Door / Stay With Me

방문할 가게를 고르는 기준은 모두 다르겠지만, 저는 사람이 너무 많은 곳은 즐겨 찾지 않습니다. 가게에 입장하기 위해 줄을 서야 할 정도로 인기가 많은 곳인데 예약이 불가하다면 더더욱 제 마음속에서 순위가 떨어집니다. 이왕이면 옆 테이블과의 거리가 좀 떨어져 있어서 상대방과의 대화에만 집중할 수 있는 곳이 좋습니다.

♫ 펫샵보이즈(Pet Shop Boys)
- Being Boring

앞서 소개한 애시드에 가면 샤잠(Shazam, 음원 검색 애플리케이션)을 항상 켜 두는 편입니다. 가게를 지키는 두 분이 트는 음악들이 너무 좋아서 쉽게 자리를 뜰 수가 없습니다. 이 노래도 그곳에서 만났습니다. 1990년에 발매된 명곡. 가만히 있다고 해서 심심하거나 지루한 것과 동의는 아닙니다. 칵테일과 좋은 노래 사이에서 멍을 때리는 것은 서울 사람의 소박한 치유 의식이죠.

12.

잘 버리기

어느 순간부터 깔끔한 집을 동경하게 됐습니다. 특별한 이유나 계기는 없지만, 그런 집에 사는 사람이 어른스러워 보였고, 근거는 없지만 시간이 지나면 저 역시 그런 사람이 될 수 있을 거라 생각하곤 했습니다.

하지만 자취를 시작한 첫 순간부터 그 꿈을 이루는 일이 그렇게 단순하지 않으리란 사실을 뼈저리게 느꼈습니다. '원래' '알아서' 깨끗한 건 없었던 것입니다.

예쁘게 배치해 둔 장식들 위에는 먼지가 쌓입니다. 필요에 따라 연결해 둔 전선과 멀티탭 위에도 먼지가 쌓입니다. 모니터와 스피커 위에도 먼지가 쌓입니다. 개는 걸 미뤄둔 빨래는 의자 위에 쌓입니다. 치우는 걸 미뤄둔 잡동사니들은 책상 위에 쌓입니다. 청소기가 닿지 않는 공간에 각종 더러움이 쌓입니다. 관심을 못 준 냉장실과 냉동실에는 때를 놓친 음식들이 쌓입니다.

깔끔한 공간을 유지하려면 이 무엇이든 쌓이지 않게 하는 악착같은 의지와 치열한 노력이 필요한 것이었습니다.

소박하게 할 수 있는 일부터 하자는 결론에 도달한 저는, 작은 목표를 세우고 그걸 하나씩 달성함으로써 스스로에게 성취감을 주기로 했습니다. 공간을 정리할 때는 먼저 영역을 나누고, 가장 시간을 많이 보내는 곳부터 신경 쓰기로 정했습니다.

가장 먼저 정리할 곳은 컴퓨터가 있는 책상. 청소가 필요한 곳을 구역별로 나눠 체크하고, 주기적으로 확인하고 청소해야 할 일을 정해서 다듬고, 한 번씩 마음먹었을 때 대청소를 합니다. 한 공간을 완전하게 컨트롤할 수 있게 되면 다음 공간으로 나아갔습니다(저는 주방, 그리고 화장실 순서였습니다).

　그렇게 작은 변화들이 모여 어느새 집은 조금 더 조화로운 공간이 되었습니다. 청소, 정리, 수납은 성과가 금방 나타나는 작업이어서 자신감과 자기효능감을 올리는 데 그만입니다.

　청소, 정리, 수납을 더 잘하기 위해 여러 전문가가 쓴 책을 참고하기도 했습니다(대형 서점 인테리어 섹션에 가보면 꾸미는 것만큼 청소와 정리의 중요성을 강조하는 책이 가득합니다). 그들이 공통으로 강조하는 것은 "잘 버려야 한다"는 것입니다. 버리기 아까울 수 있지만 다시 보면 낡은 것들, 버리자니 슬프지만 다시 생각해 보면 그간 잘 찾지 않았고, 앞으로도 찾지 않을 것들. 불필요한 소유품을 잘 포착하고 버리는 것은 공간과 삶을 더 가볍게 만들고 자유롭게 해 줍니다. 가진 것이 적으면 먼지가 쌓일 곳이 적어지고, 어딘가에 쌓일 물건도 적어져 청소와 정리가 훨씬 쉬워지

니까요.

결국 버리는 것은 '정제'입니다. 좋게 들었던 곡을 목록에 담고, 구매한 레코드를 한없이 위로 쌓는 것만으로 플레이리스트가 만들어지는 것은 아닙니다. 그렇게 하면 바벨탑이 될 뿐입니다. 취향의 리스트업을 만들 때도 열심히 찾아 모으는 것만큼 버리는 것이 중요하다고 생각합니다. 그래야 남은 취향이 더욱 소중해지고, 그것을 기준 삼아 다음에 더할 곡이 정해집니다. 배에 태울 동료를 신중히 고르듯이요.

하지만 무언가를 버리는 건 결코 간단한 일이 아닙니다. 옷장 앞에 선 우리 모두가 경험해봤듯, 당최 입을 옷이 하나도 없는데 옷장에 있는 옷을 모두 버릴 수는 없으니까요.

어떤 물건을 버릴 때는 그 물건에 투자한 시간과 에너지를 함께 포기하는 것처럼 느껴집니다. 거기에 추억이라는 감정까지 없으면, 그 무엇도 쉽게 버릴 수가 없습니다.

결국 레코드를 잘 버리기 위해서는 버릴지 말지, 그 기준을 균형 있게 설정하는 것이 중요하다고 생각합니다. 그런 기준을 설정하는 데 도움이 될 몇 가지 이야기를 적어보았습니다.

- 무엇을 정리하든 유튜브에서 청소 영상 하나를 찾아 켜두고 시작합시다. 전우애는 중요합니다.
- 모든 물건을 '꼭 필요한 것', '불필요한 것', '5초 이상 고민한 것' 이렇게 세 가지 기준으로 나눠 봅시다. 꼭 필요한 것은 자리를 정해서 수납하고, 찾을 때마다 같은 자리로 갑니다.
  불필요한 것은 빠르게 처분합니다. 망가지거나 상한 것, 더 이상 쓰지 않거나 너무 오래 써서 낡은 것, 언젠가 필요할 때 쉽게 다시 살 수 있는 것 등으로 기준을 정하면 될 듯합니다.
  5초 이상 고민한 것들은 임시 보관함에 담습니다.

추억이 담겨 있거나, 비싸서 버리자니 마음이 굳어지거나, 애매해서 고민스러운 것들 등은 눈에 띄지 않는 곳에 치워놓고, 나중에 다시 심판하도록 합시다.

- 음악 프로듀서 릭 루빈Rick Rubin은 예의 앨범 『Yeezus』를 프로듀싱할 때, 만든 곡 16개 중 이 앨범에 꼭 필요한 5개의 곡만을 남기고 나머지 트랙은 우선 트랙 리스트에서 전부 빼라고 했습니다. 그 후 남은 곡들을 잘 이어주는 기존 곡을 고르고, 새로운 곡을 보충하는 방법으로 10곡이 실린 앨범을 완성했습니다. 못 실은 곡은 다음 앨범에 실으면 된다고 하면서요.

- 장기하의 솔로 앨범 『공중부양』에는 베이스 소리가 없습니다. 음원 사이트에 있는 음반 설명에 따르면 목소리부터 쭉 녹음한 뒤, 필요한 최소한의 소리만 추가하다 보니 다섯 곡 모두 베이스 없는 음악이 되어버렸다고 합니다. 그래서인지 노랫말이 한 겹 가깝게 다가옵니다.

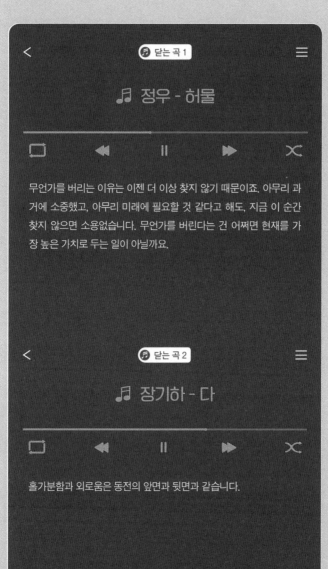

♫ 정우 - 허물

무언가를 버리는 이유는 이젠 더 이상 찾지 않기 때문이죠. 아무리 과거에 소중했고, 아무리 미래에 필요할 것 같다고 해도, 지금 이 순간 찾지 않으면 소용없습니다. 무언가를 버린다는 건 어쩌면 현재를 가장 높은 가치로 두는 일이 아닐까요.

♫ 장기하 - 다

홀가분함과 외로움은 동전의 앞면과 뒷면과 같습니다.

13.

꽃 사기

꽃을 바라보면 마음이 활기차집니다. 산책하는 길에서 만난 작은 들꽃, 정성껏 꾸며져 있어 가꾼 사람의 수고를 헤아려 보게 하는 정원, 특별한 날 사랑하는 이가 사랑하는 이에게 선물하는 꽃 한 송이. 꽃은 그 무엇도 대체할 수 없는 기쁨을 줍니다.

저에게 받고 싶은 선물을 골라 보라고 하면 주저 없이 두 가지 옵션을 제시할 수 있습니다. 랜덤한 바이닐 레코드, 혹은 꽃. 결혼식에 가면 꽃을 꼭 주워 오고, 주기적으로 꽃집에서 꽃을 사기도 합니다. 기념할 일이 없어도요!

동네 꽃집에서 마음에 드는 꽃다발을 사는 방법 세 가지를 소개합니다(저는 내향적인 사람이라서 그런지 이런 걸 미리 공부하고 가면 좋더라고요. 전화 받기 전에도 꼭 대본을 적어 두거든요).

- 느낌이 좋은 가게를 찾기

'느낌이 좋다'는 건 정말 주관적입니다. 하지만 자신의 감을 믿어 보세요. 지도 앱을 통해 집 주변, 일터 주변의 꽃집을 찾은 후, 한 번씩 아이쇼핑을 해 보세요. 분명히 '느낌이 오는' 곳이 있을 거예요.

- 꼭 예산을 먼저 이야기하기

꽃을 사기 전에는 꼭 예산을 먼저 이야기해 놓아야 합니다. 꽃은 사치품이기 때문에 가격에 상한선이 없거든요. 알아서 예쁘게 만들어달라고 했다가는 정말 예쁘고 정말 비싼 꽃다발을 갖게 될지도 모릅니다. 화병에 꽂을 용도이니 한 두 송이만 달라고 해도 친절히 안내해 주십니다.

- 메인이 될 꽃 정하기

진열장에서 눈으로 골라도 좋고, 그날 제일 신선하고 상태가 좋은 꽃이 무엇인지 물어 추천받는 것도 좋습니다.

이런 포인트를 염두에 두고 꽃집에 다녀오면 어느새 마음에 쏙 드는 꽃다발 하나가 손에 들려 있습니다. 먼저 꽃다발째로 하루 정도 즐깁니다. 그 이후에는 거꾸로 매달아 잘 말려서 드라이 플라워로 즐기는 것도 좋지만, 저는 화병에 꽂혀 있는 꽃을 제일 좋아합니다. 꽃다발 채로 잠시 즐긴 후, 그중 몇 송이를 얇고 가는 꽃병에 골라 담으면서 '꽃꽂이를 배워볼까' 하는 실없는 생각도 함께 담아봅니다. 매일 아침 화병의 물을 갈아 줍니다. 천천히 시들어가는 꽃들이 아름답습니다.

날짜나 요일을 정해놓고 꽃을 사는 건 아니지만, 이따금 기분이 처질 때는 꽃만 한 게 없더라고요. 오늘은 처음 방문해 본 꽃집의 추천대로 만든 꽃다발을 데려와서 바로 식탁 위에 꾸려 보았습니다. 단번에 행복해졌습니다.

꽃이 있는 식탁에 가만히 앉아 봅니다. 꽃이 있는 식탁에서 밥을 먹습니다. 꽃이 있는 식탁에서 작은 포크로 과일을 먹고, 차를 마십니다. 꽃이 있는 식탁에서 노트북으로 일을 합니다. 꽃이 있는 식탁에서 다음와 같은 플레이리스트를 듣습니다.

○ **프라하**
김사월

○ **비밀의 화원**
이상은

○ **XXLove**
민수

○ **인생은 금물**
언니네 이발관

○ SAY GOODBYE
사토 히로시(Hiroshi Sato)

○ **샴푸의 요정**
빛과 소금

○ Sunny Afternoon
베니 싱스(Benny Sings)

○ THINK ABOUT' CHU
아소토 유니온

○ **우리**
까데호(CADEJO)

○ Be(Intro)
코먼(Common)

14.

따가운 기억에는 연고를 자주 바르기

제 인생에서 제일 상처를 많이 받은 시간대는 사춘기였습니다. 중고등학교쯤 되면 문과, 이과, 예체능 같은 분류 아래 진로의 윤곽이 드러나고, 내신, 모의고사 성적, 비교과 같은 여러 잣대와 기준이 생깁니다. 앞서 나가는 친구도, 뒤처지는 친구도 각자의 불안과 예민함을 안은 채 지내느라 유치원이나 초등학교 때와는 또 다른 룰의 관계가 생깁니다. 그 과정에서 서로에게 수없이 상처를 주곤 하죠. 학창시절 친구가 주는 상처는 때때로 어른이 되어 친구에게 받은 상처보다 훨씬 진하고 쓰라립니다.

저도 떠올리는 것만으로도 기분이 안 좋아지는 청소년기의 기억이 몇 가지 있습니다. 중학교 1학년, 이어폰을 끼고 앉아 있던 쉬는 시간이었습니다. 저는 초등학교와는 다른 지역에 있는 중학교에 들어오게 되어서 어느 무리에도 쉽게 끼지 못하고 눈치만 보고 있었습니다. 그때 저의 귀에서 이어폰을 확 채 가며 "친구야, 뭐 듣니?" 하던, 분명히 초면인 위협적인 무리가 있었습니다. 귀에서 느껴지던 얼얼한 통증도, 듣고 있던 노래도 아직 선명하지만, 그보다 싫고 슬펐던 건 슬쩍 들어 보더니 이게 뭐냐는 듯 바로 흥미를 잃어버린 그들의 태도였습니다.

다행히 중학교 생활을 이어 가는 동안 그들과는 다시 엮일 일은 없었고, 더없이 좋은 친구들을 만났습니다. 그 시절에 친구들과 쌓은 추억들은 지금 떠올려도 흐뭇한 것들뿐입니다(유희왕 카드 게임, 《명탐정 코난》 만화책, 친구 집에서 다 같이 밤을 새우며 한 닌텐도 통신 배틀, 친구 어머니가 차려 주신 소고기 뭇국과 계란 프라이).

하지만 중학교를 졸업하고 다시 새로운 곳에 있는 고등학교에 들어가면서 쌓아두었던 추억의 경험치는 초기화되었습니다. 게다가 지역만

달라진 것이 아니라, 남자 중학교에서 공학에 다니게 됐다는 파격적인 변화가 하나 더 생겼습니다! 이어폰을 채 가는 위협과 그에 뒤따른 무심한 평가는 없겠지만, 새로운 유형의 상처를 받거나 위협을 마주칠까 걱정을 가득 안고 입학했습니다.

그리고 사건은 채 한 달이 되기 전에 일어났습니다. 적응기인 3월이 지나자 쉬는 시간마다 선배들이 1학년 교실을 돌면서 동아리를 홍보하기 시작했습니다. 축구, 농구, 배구 같은 각종 스포츠 동아리부터, 관현악, 국악, 사진 같은 취미 동아리, 모의 법정, 봉사, 교내 신문이나 라디오 등 비교과를 쌓을 수 있는 동아리까지. 교탁 앞에 선 선배들은 들뜬 표정과 단어로 "찬란한 너희의 단 한 번뿐인 고등학교 생활을 우리 동아리를 위해 녹여라!"라는 요지의 연설을 했습니다.

사실 저는 처음부터 밴드 동아리에 들어가고 싶었습니다. 특별한 이유는 없었습니다. 중학교 마지막 겨울방학 때 그동안 모은 용돈으로 베이스를 샀는데, 그것도 지금 돌이켜 보니 다소 충동적인 결정이었습니다. 하지만 그게 제가 생각하던 찬란함이었던 것 같아요. 학교 밴드에서 베이스를 치고 있는 제 모습을 상상해 보는 것이요.

어느덧 동아리 면접일이 다가왔고, 1명을 뽑는 베이스 포지션에는 저를 포함해 2명의 지원자가 있었습니다. 두 지원자는 나란히 의자에 앉았고 앞에는 약 10명의 밴드부 선배들이 면접관으로 있었습니다. 등에서 식은땀이 났습니다.

면접이 어땠냐면요, 이름을 물어보는 질문부터 바보같이 대답했던 것 같습니다. 이어서 지원 동기를 물어봤는데, 아무래도 횡설수설했던 것 같습니다. 그리고 그다음 저에게 추가로 주어진 질문은 2개 정도. 다른 지원자에게는 6~7개의 질문을 연이어 했습니다. 뭔가 위화감을 느끼고 다른 지원자를 보니 정말 찬란한 표정으로, 청춘 밴드물 드라마의 서브 주인공처럼 경쾌하게 대답하고 있었습니다.

유희왕 카드 게임이나《명탐정 코난》만화책을 좋아하던 제 머릿속에는 나는 이 찬란함을 이기지 못하겠다는 생각이 가득 찼습니다. 아니, 사실 이 밴드 동아리는 자신들의 청춘에 나를 끼워 줄 생각도 없었는데 혼자 나댔다는 생각에 잡아먹히는 기분을 느꼈습니다.

면접은 어느샌가 끝났고 저는, 떨어졌습니다.

정확한 장면은 기억에서 왜곡되었을 수도 있고, 이 모든 게 사실 제 열등의식에 지나지 않았을 수도 있지만, 그 면접에서 제가 느낀 감정들은 그대로 남아서 한동안 저를 쿡쿡 찔렀습니다.

이 쓰라린 장면이 놀랍도록 괜찮아진 건 2019
년, 제가 사랑하는 아티스트 타일러 더 크리에
이터Tyler, The Creator의 트윗 한 문장 때문입니다.

> *"난 언제나 고등학교 밴드에 들어가고 싶었는*
> *데 그놈들은 절대로 날 끼워주지 않았어*
> *(I ALWAYS WANTED TO BE IN BAND IN HIGH*
> *SCHOOL THOSE F***ERS WOULDN'T LET ME IN)."*

동경하는 아티스트, 제가 정말 좋아하는 청
춘을 노랫말로 그려내는 아티스트에게 들은 이
말이 얼마나 위로되던지. 저는 이 트윗을 캡처
해 바로 메신저 배경 화면으로 삼았습니다.

지금도 기억에 손을 대 보면 따끔거리긴 하

지만, 이렇게 글로 쓸 수 있을 정도로 괜찮아졌습니다. 대학생 때 맘 맞는 친구들과 했던 밴드 활동도, 친해졌다고 생각한 연인이나 친구에게 털어놓았다가 받은 위로도 전혀 도움이 되지 않았었는데! 역시 질환마다 적절한 처방이 있기 마련이구나 싶었습니다. 제가 찾은 연고는 '공감'이었습니다. 그리고 이 연고를 여러분께도 발라 드리고 싶어요.

별것도 아닌 녀석들이 대뜸 제 이어폰을 가져가서 나름의 품질 검사를 한 건 이제는 뭐, 웃기는 일이 되었습니다. 그리고 찬란함을 누구보다 잘 구현하는 아티스트가 사실은 고등학교 밴드에 들어가 보지도 못했다는 사실은 저에게 큰 위안과 자신감을 주었습니다. 고등학교 밴드에 들어가지 못한 저도 그만큼 대단하고 위대해질 수 있다는 뜻이고, 고등학교 밴드에 들어가지 못해야만 그와 이 정도의 친밀감을 나눌 수 있으니까요.

이 공감 약 처방이 여러분들의 증상에는 맞지 않을 수도 있어요. 하지만 이 글을 읽는 몇 명의 나쁜 기억에라도 절묘하게 듣는다면 정말 기쁠 것 같아요. 만약 그렇지 않더라도, 누구나 떠올리는 것만으로도 기분 나쁜 기억을 하나씩은 가지고 있다는 사실을 알려드리고 싶었어요. 그 사람이 내가 좋아하는 사람이어도, 찬란해 보이는 사람이어도, 다가가지 못할 것 같은 사람이어도요. 모두에게 상처가 있어요. 이런 사실이 여러분의 상처에 조금이나마 도움이 되길 바랍니다.

평생 이불 뻥뻥 차며 살아도, 사실 누구나 그러니 괜찮아요. 그러니까 솔직하게 좋아하는 음악을 들어도 괜찮아요.

♫ TBNY - 왜 서 있어

TBNY는 2000년대 후반, 한국 힙합이 슬금슬금 가요 씬(그때는 '오버 그라운드'라는 표현을 썼죠. 언더그라운드의 반대말 느낌을 내고 싶었던 것 같습니다)에서 모습을 드러내고 있었고, 드렁큰타이거, 다이나믹듀오, 에픽하이 같은 팀이 대중에게 인기를 끌었습니다.

TBNY는 그런 팀 중에서 제가 제일 좋아하던 팀이었습니다. 중학교 때 급우들이 귀에서 이어폰을 확 채갔을 때 이 노래를 듣고 있었거든요. 그래서 다시 들을 때마다 라디에이터 옆이 아니면 추웠던 3월의 교실이 떠오릅니다.

추신.

2집 앨범 이름이 『Side A』였고, 뒤이어 3집을 『Side B』로 발매한다고 했는데, 3집이 나오기 전 그룹이 무기한 활동 중단을 하게 되었습니다(심지어 『Side A』의 CD가 『Side B』와의 결합을 염두에 둔 디자인으로 발매되었습니다). 저는 아직도 이들의 앨범을 기다립니다.

♫ 타일러 더 크리에이터
(Tyler, the Creator)

- FIND YOUR WINGS

타일러 더 크리에이터라는 아티스트는 제가 가장 좋아하는 힙합 가수이기도 하지만, 깨달음과 위로를 주는 영적 스승이기도 합니다. 그가 하는 말 중에서 인생의 나침반을 많이 얻었습니다. 예를 들자면 여러 인터뷰에서 남긴 "남들의 눈치를 뽑지 말고 TOP 10을 뽑아라", "뭔가 만들고 싶으면 그냥 만들어라", "너 자신이 돼라"와 같은 문장들이 제 인생의 결정적인 순간에 나타나 주어서 참 고맙습니다.

15.

경쟁하지 않기

학창 시절에 만난 친구들이 지금도 이야기하는 제 성격의 대표적인 특징은 활동적이지 않고, 경쟁심이 없는 것입니다. 부모님의 증언에 따르면 바깥 공기를 쐬게 하려고 데리고 나갈 때마다 차에서 나오지 않으려 하고, 차에서 겨우 끄집어내도 그늘을 찾아서는 게임기를 쥐고 있어서 아주 속이 터졌다고 합니다.

석차나 등급, 진학과 입시 같은 단어로 둘러싸인 세상에서, 그런 소년의 학교생활은 꽤 버겁습니다. 저는 아파트 단지를 뛰어다니며 경찰과 도둑 놀이를 하는 친구들을 바라보면서 혼자서 유희왕 카드를 정리하고 있었고, 자율 체육 시간에는 공놀이에 끼기보다 운동장 계단 한편에 가만히 앉아 시간을 보내는 걸 선호했습니다. 중학생 때는 친구들끼리 하는 소소한 매점 내기도 싫어했고, 다같이 피시방에 가 게임을 하자고 할 때 저는 집에서 닌텐도나 플레이스테이션으로 비디오 게임을 했습니다.

이런 제 학교생활은 언제나 친구들의 인정이 조금씩 부족했습니다. 달리기가 가장 빠른 친구, 축구 시합에서 골을 제일 많이 넣는 친구, 언제나 100점을 놓치지 않는 친구, 하다못해 빼빼로데이 때 빼빼로를 제일 받은 친구……. 저는 그 어떤 기준에서도 순위권에 들지 못했습니다. 좀 더 정확히 말하면 어떤 종목에도 출전하지 않고 가만히 있었죠. 그래서 롤링 페이퍼 같은 걸 쓸 때면 저에겐 어떤 유별난 칭호도 붙지 않는 편이었습니다.

머쓱할 때도 있었지만, 이런 생활의 장점은 마음이 편하다는 것입니다. 달리기가 빠른 친구들이 기록을 다툴 때, 저는 맘 편히 앉아 경기를 봤습니다. 1등을 한 친구에게는 칭찬을, 2등을 한 친구에게는 격려를 건넬 수 있었습니다. 조금은 붕 뜬 채 지낸 터라 절친한 단짝은 없었지만, 모든 친구와 원만하게 지냈고, 롤링 페이퍼를 받을 때면 한 명도 빠지지 않고 선의 가득한 글을 적어 주었습니다.

다만, 솔직히 고백하자면 제가 성격이 정말로 무던해서, 정말로 경쟁심 하나 없이 숫자에 해탈해서 속없이 지낸 것은 아니었습니다. 혼자서 '내가 달리기는 좀 못 해도 '포켓몬스터 배틀타워'는 제일 잘할 텐데', 혹은 '장기 자랑에서 노래나 춤을 선보일 수는 없지만, 라디오를 많이 들어서 노래는 제일 많이 알 텐데'와 같이 이상하고 조금은 침침한 생각을 하고 있었습니다. 그런 '정신 승리'나 열등감에 가까운 태도를 드러내는 것이 조금은 창피했습니다. 저도 사실 1등을 하는 것, 그 결과물을 남들에게 자랑하고 환호 받는 경험, 롤링 페이퍼에 둘만 아는 이야기를 쓰고 킥킥거릴 수 있는 단짝, 그런 것이 필요했을지도 모릅니다.

하지만 소년 장세훈은 할 수 없는 것을 애써 해내지는 못했습니다. 자신만의 방법으로 자존감과 인정 욕구를 지키는 데에 급급했습니다. 비유하자면 온갖 밴드 동아리들이 밴드 공연을 위해서 열심히 기타 연습을 하며 누가 누가 더 쿨한 기타 리프를 치는지 연구할 때, 기타 칠 줄 모르는 애들이 끼리끼리 모여서 어떻게든 밴드라고 우기고 "우리는 남들과 다른 거야!"라고 외치는, 그런 태도.

하지만 그런 태도의 소년들이 결국 이루고 마는 것도 있습니다. 비유를 이어가자면, 기타리스트 없이 키보드가 사운드를 이끌고 가는 벤 폴즈 파이브Ben Folds Five나 오피셜히게단디즘オフィシャルヒゲダンディズム, OFFICIAL HIGE DANDISM 같은 밴드도 있습니다. 이들이 수놓은 음악들은 대중 모두의 심장을 사로잡는 기타 리프는 아닐지라도, 저같이 롤링 페이퍼를 안 읽고 책상 서랍 구

석에 넣어두던 소년의 마음은 울리고 맙니다. '너만의 개성을 가져라'라는 말을 마음속 깊은 곳에서는 믿지 않았던 저였지만, 음악을 들으며 감동한 뒤 그 말을 납득하게 되었고, 제 인정 욕구도 조금은 달랠 수 있게 되었습니다. 제 열등 감도 자연스럽고 아름다울 수 있다고 이야기해 주는 수많은 음악 덕에요.

음악으로부터 구원받은 소년에게는 다른 목 표가 생깁니다. 경쟁심을 부끄러워하며 숨기는 걸 멈추고, 대신 내가 1등을 할 수 있는 영역이 무엇인지 찾는 일이 아름답다는 걸 깨닫고, 그 것에 대해 몰두하게 됩니다. 음악의 장르 구분 중 '얼터너티브(alternative)'라는 표현이 있습니다. 단어 자체는 '대안적'이라는 뜻이지만, 기존 장 르명 앞에 붙이면(이를테면 '얼터너티브 힙합', '얼터너티브 록') '기존 문법과는 다르다'는 의미를 더합니다. 처음에는 평론가들이 기존 문법과 조금 다른 소

년들을 설명하려는 의도로 쓰기 시작했겠지만,
어느새 그 단어가 특정한 장르 사조를 단단하
게 표현하게 되었습니다. 나는 남들과는 다르
지만, 그 나다운 지점이 아름답다는 걸 알게 된
음악들.

🎵 벤 폴즈 파이브(Ben Folds Five)
- One Angry Dwarf and 200 Solemn Faces

이 밴드는 기타 없이 리더인 벤 폴즈가 피아노를 치면서 밴드 사운드를 이끌어 갑니다. 유튜브에 있는 라이브 비디오를 찾아 보세요. 낯선 구성과 제목에도 불구하고 분명 매료될 것이라 믿습니다. 이 라이브 비디오를 보고, 베이스에 물릴 디스토션 페달을 구매했던 기억이 납니다.

🎵 바밍타이거 - Moving Forward

'개성에 앞서 실력'이라는 캐치프레이즈에 저는 크게 동의하지 않는 편입니다. 반면 '누구도 따라 할 수 없는 개성을 갖추는 것이 영리한 것이다' 혹은 '개성을 버리면 죽은 거나 마찬가지다'라는 문장에는 크게 동의하는 편입니다. 얼터너티브라는 단어를, 이미 다층적인 장르인 K-Pop 앞에 처음 붙여서 팀의 색깔을 재빠르고 고고하게 원앤온리로 규정했습니다. 머리가 아닌 가슴이 이끄는 일을. 테두리 바깥에 있는 친구들이 만나 완성하는 이 곡 뮤직비디오의 서사가 바로 그들의 정체성 그 자체입니다.

16.

환절기 음악 준비하기

아프면 공기 좋고 물 좋은 시골에서 요양 생활을 해 병기를 다스리죠? 도시에서 나고 자라다 보면 반대로 여러 병과 자연스레 동행하게 됩니다. 태어나서 지금까지 도시에서 자란 저는 먼지 및 꽃가루 알레르기, 그리고 발등에 경미한 아토피를 보유하고 있습니다. 뚜렷한 사계절이 있는 서울에서, 환절기는 감상에 빠지려는 저를 신체의 신호로 앞서 반겨줍니다. 알레르기 때문에 코가 막히고, 이 콧물이 넘쳐서 목이나 귀가 아프고, 아토피 부위가 건조하고 근질거립니다.

서울의 삶에 묶여 있는지라 괴로움을 다스리겠다고 시골로 훌쩍 떠날 수는 없지만, 그래도 도시 인간 나름 최선의 대비를 합니다. 이비인후과에 들러서 알레르기 약을 타고, 건조한 피부와 마음을 위해 가습기를 꼼꼼히 닦아 책상 근처에 설치해 둡니다. 어떻게 생각하면 귀찮은 일이지만, 어떻게 생각하면 삶을 잘 준비하는 의식 같아서 "동북아의 시티 보이다운 풍속이지"하는 시답잖은 농담을 스스로 되뇌곤 합니다. 그렇게 계절과 계절 사이마다 찾아오는 번거로움을 작은 즐거움으로 만들 수 없을까 고민합니다.

제가 좋아하는 일 중 하나는 주변에 새로운 향기를 마련하는 것입니다. 건조함을 잡는 수단은 여러 향으로 자신의 존재를 어필합니다. 티백, 립밤, 핸드크림, 로션, 디퓨저………. 환절기가 다가오면 이런 제품을 쇼핑하며 심란한 마음을 달래 봅니다. 나만의 제품을 찾아 정착하려는 목적은 없고, 여러 제품을 충동적으로 사는 행위 자체에서 즐거움을 찾습니다.

물론 나중에 방 한편에 쌓아둔 각종 아로마 오일 위에 먼지가 켜켜이 쌓인다든지, 겨울 걸

옷의 모든 주머니에서 각기 다른 립밤과 핸드크림을 찾는 일도 빈번하게 발생하지만, 그런 것도 어떤 낭만이라고 생각하면 좋습니다.

　다른 일 하나는 환절기에 어울리는 플레이리스트를 만드는 것입니다. 실제로 계절의 끝자락에서 그런 음악을 모아 제 채널에 '날씨가 조금씩 따뜻해지기 시작해서', '계절의 틈새들은 너무 아름다워' 같은 제목으로 영상을 업로드하곤 합니다. 그중에서도 '계절의 틈새들은 너무 아름다워'는 구독자분이 댓글로 달아 준 문장으로 제목을 바꾼 영상입니다. 제 남은 평생의 환절기를 보다 아름답게 바꿔 준 소중한 문장으로 마음속에 남아 있습니다 (유튜브하길 잘했다 싶은 순간).

▲ 날씨가 조금씩
따뜻해지기 시
작해서

▲ 계절의 틈새들은
너무 아름다워

　은은한 향을 풍기는 따뜻한 물 속의 티백처

럼, 음악을 세심히 골라 우려내 봅니다. 갓 산
환절기 대비용 제품 택배를 하나하나 뜯으면서
환절기를 위한 의식을 합니다. 건조한 공기가
촉촉해지는 기분이 들게 하는 그런 소리.

○ **Dear Moon**
제휘

○ **캐치볼**
이영훈

○ **WHAT U SIPPIN ON RMX**
제이비토(JAYVITO)

○ **난 매일**
피셔맨(Fisherman)

○ **time goes by**
히코(hiko)

○ **Bright**
CHE

○ **요새**
김도언

○ **우우우린**
윤지영

○ **환각**
놀이도감

○ **jonny's sofa**
제이클레프(Jclef)

17.

내 자아 기획하기

SNS의 보급 이후 다른 사람의 삶을 엿보는 것이 너무도 쉬워졌습니다. 심지어는 다른 사람의 삶이 항상 주변에 동그란 모양으로 떠다니는 느낌까지 듭니다. 클릭해 본 분홍색 동그라미 속 다른 사람들의 삶은 너무나도 재밌어 보입니다. 맛있는 음식에 좋은 술을 한잔하는 사람, 서울이 아닌 도시에서 즐거운 한때를 보내고 있는 사람, 파티나 공연에서 좋아하는 가수의 무대를 한껏 즐기고 있는 사람, 여름이면 페스티벌 잔디밭에서 맥주 한잔, 겨울이면 스키장에서 신나게 보드를 타는 사람. 다들 새로 나온 영화나 책은 또 얼마나 알차게 챙기는지, 듣도 보도 못한 새롭고 재밌는 액티비티는 또 얼마나 많은지.

화면을 넘겨 보다가 지쳐 핸드폰을 덮어 두고 세상으로 돌아옵니다. 책상 위에는 아무리 힘내도 한참 걸릴 일이 쌓여 있습니다. 얼른 해치우는 게 행복해지는 길이라는 걸 머리로는 알지만, 괜히 초라해진 마음에 일에 손이 잘 가지 않습니다. 이거 참, 사실 SNS 속 친구들도 다 자기 할 일 하고 노는 것일 텐데, 하필이면 내가 일하고 있을 때 재미있게 놀고 그걸 SNS에 올려 버리니, 24시간 비교 체제가 가동되어 버리고 맙니다. "비교는 불행의 씨앗이다"라는 오랜 속설을 씁쓸하게 입에서 굴려 봅니다.

실제 인간관계 기반이던 초기의 SNS와 달리, 이제는 한 번도 본 적 없는 사람과 브랜드를 팔로잉하기도 하고, 내가 모르는 사람이 나를 팔로우하기도 합니다. 이전에는 없던 스타일의 관계들이 점차 많아졌다고 생각합니다. 현실에서 획득하고 갈고 닦은 취향을 하나둘 드러내는 것이 초기 SNS의 모습이었다면, 이제는 전시하고 싶은 취향을 위해 삶을 가공하는 일이 보다 빈번해졌습니다.

이때 '가공'이라 함은 엄청나게 적극적인 행위(평소라면 절대 하지 않을 일을 하거나, 없었던 사건과 사람을 만들어내는)를 뜻하는 것은 아닙니다. 맛있는 음식과 좋은 술 한잔의 뒷면에는 긴긴 웨이팅이, 낯선 도시 여행의 뒷면에는 몇 시간이나 걸리는 불편한 비행이 있는데 그 뒷면은 배제한 채 하이라이트만 다듬고 잘라서 올린 것도 '가공'이라고 생각합니다.

다른 한 편으로는 정말 좋아하는 게 아닌데 다른 사람들의 시선을 의식하고 포스팅하는 것도 '가공'이라고 생각합니다. 여행지나 공연장에서 스마트폰으로 열심히 사진이나 영상을 찍는 일도 삶을 가공하는 행위라고 느껴집니다. 물론 만들어진 취향을 여기저기 보여주는 것, 어떤 순간을 가만히 눈에 담는 것, 그리고 그 사이에서 밸런싱하는 것은 모두 자신의 취향입니다. 가공하여 만든 삶도, 날 것의 삶도 중요합니다. 저는 오히려 세심하게 자신만의 가공을 선택하는 게 좋다고 생각합니다. 다른 말로는 기획이라고도 할 수 있죠.

제가 기획한 제 소셜 자아의 키워드는 '담백함'입니다. 저는 "남는 건 결국 사진뿐이다"라는 말에 언제나 물음표를 가지고 있습니다. 공연장에서 가수와의 직접적인 교감 대신 이뤄지는 수많은 스마트폰 촬영도 못내 아쉽긴 합니다. 그래서 기념할 만한 이벤트는 굳이 기록하기보다는 현실의 제가 그 순간을 최선을 다해 만끽하도록 맡깁니다.

하지만 저도 일상에서 발견한 소박한 기쁨들은 찍어서 올리곤 합니다. 여전히 친구들의 화려한 순간이 의식되지만, '나와는 기획이 다른 사람이니까' 하고 혼자 남몰래 부러움을 삼킵니다.

다만 축 처진 마음을 달래기 위해 주어진 삶

을 가공하는 것도 방법입니다. 인스타그램 스토리에 해리 스타일스Harry Styles의 내한 공연 모습이 가득하면, 유튜브에서 「Late Night Talking」라이브 영상을 켜고 함께 즐깁니다. 아티스트들 역시 스마트폰을 들고 있는 관객들에게 아쉬움을 느끼고 점점 다양한 방법으로 라이브 비디오를 담아내고 있습니다. 영상과 음원도 고(高)퀄리티이고, 표를 사서 공연장까지 가고, 여기저기 줄을 서지 않아도 나름 훌륭한 공연을 경험할 수 있습니다.

추신.

"남과 비교하면 불행해질 뿐이니까 하지 마세요" 하고 마냥 공허하게 외치기보다는, 제 취향의 문장을 모아 이렇게 전해 봅니다. 러시아의 문학가, 도스토옙스키Fyodor Mikhailovich Dostoevskii는 이런 말을 남겼습니다.

"인간이 불행한 것은 자기가 행복하다는 것을 모르기 때문이다. 이유는 단지 그것뿐이다. 그것을 깨달은 사람은 곧 행복해진다. 그것도 한 순간에."

🎵 카녜이 웨스트(Kanye West) - Everything I Am

⟲   ◀◀   ❚❚   ▶▶   ⤬

인간은 사회적 동물입니다. 타인의 인정은 나의 자아를 쌓아 올리고, 타인의 오해와 비난은 나의 자아를 깎아내립니다. 타인이 없으면 살 수 없지만, 그래서 타인의 시선에 갇혀 살 수밖에 없다는 근원적인 아이러니.

🎵 해리 스타일스(Harry Styles) - Late Night Talking

⟲   ◀◀   ❚❚   ▶▶   ⤬

본문에서도 이야기했지만, 아닌 게 아니라 'One Night Only In New York' 공연에서 촬영한 이 곡의 라이브 비디오를 보면 흐뭇한 웃음이 절로 지어집니다. 관중의 환호, 그에 응답하는 듯한 해리 스타일스의 가벼운 손짓, 그리고 맞춰서 흘러나오는 전주. 2분 40초대 이후의 춤사위, 다시 잡는 마이크, 그리고 베이스. 이 영상을 통해 완전하게 즐길 수 있습니다.

추신.
관객석 모두가 휴대전화를 들고 촬영하는 모습을 촬영한 영상을 집에서 즐기는 것은 2020년대의 묘한 아이러니라고 할 수 있습니다.

18.

민간요법 음악 정하기

인생의 제일 오래된 기억이 무엇인지 가만히 되짚어 본 적이 있으신가요? 저의 경우 뚜렷한 기억은 보통 십 대 때가 마지막이고, 7세 이전은 거의 기억 나지 않습니다. 유아기의 장면은 대부분 흐릿한 화질과 몽글몽글한 온도의 인상 정도만 남아 있는 느낌입니다.

하지만 그중에 해상도가 높은 몇몇 장면들이 있지 않은가요? 모두의 기억에 남을 만큼 짜릿한 에피소드는 아니라서 가족에게 말하면 "그랬던가?" 하는 밋밋한 공감을 겨우 받을 정도지만, 그래도 내 머릿속에는 생생하게 남아 있는 그런 순간들이 있습니다. 그런 장면 한두 가지가 너무나 강렬해서 장면이 속해 있던 계절과 맥락까지 낱낱이 기억납니다.

하나는 설거지하는 외할머니의 등에 포대기로 매여 있던 갓난아기 장세훈의 기억. 작디작은 부엌 창문으로 들어오는 뜨뜻미지근한 봄볕과 할머니가 한 곡 반복처럼 흥얼거리던 멜로디, 김수희의 「애모」.

다른 하나는 외할머니와 이모할머니가 삶은 밤을 까면서 나누던 대화. 두 분이 안방에서 연속극을 보고 있었는데 한 명은 쇠숟가락을 들고, 한 명은 작은 칼로 밤을 이등분해 꽃무늬 쟁반에 한가득 밤 껍데기를 쌓아 올리고 있었습니다. 외할머니가 이모할머니에게 밤을 하나 권하자 이모할머니가 거절하면서 "나 속이 좀 불편하네" 했습니다. 이어지는 대화는 다음과 같습니다.

"아침에 뭐 먹었는데?"

"그냥 라면 하나 끓여 먹었지!"

"그래서 그래. 빈속에 매운 거 먹으면 하루 종일 속이 더부룩해. 이거 먹어서 헹궈내자."

그 뒤로 따뜻한 보리차를 주전자에 끓여 오

던 광경이 선명하게 기억납니다.

왜 하고많은 순간 중 이런 장면이 이렇게 고화질로 기억 한편에 남았는지는 짐작이 가질 않습니다. 이것 때문인지 저도 누군가 속이 더 부룩하다고 이야기하면 그 전에 무얼 먹었냐고 물어보고, 따뜻한 차를 내오는 사람이 되었습니다.

이런 자신만의 민간요법을 모든 개인이 가지고 있을 거라고 생각해요. 제가 지닌 여러 가지 민간요법을 소개합니다: 숙취가 심한 아침에는 콜라를 곁들여 치즈버거를 케첩에 찍어 먹으면서 놀이도감의「환각」을 듣습니다.

도저히 의욕이 안 생기고, 등에 멘 가방이 돌덩이가 든 것처럼 무거운 날엔 페퍼톤스의「행운을 빌어요」를 듣습니다.

술자리를 마쳤는데도 소주 맛처럼 쌉쌀한 기

분이 가득 차서 집에 돌아가는 것도 버거운 새벽엔 이센스E SENS의 「sleep tight」를 듣습니다.

계절이나 날씨, 특정한 상황에 따라 좋게 들리는 음악이 다르다고 믿습니다. 실제로 음원 스트리밍 사이트 등에서 플레이리스트나 추천 알고리즘을 만들 때 장르나 아티스트 외에 곁들이는 큰 힌트이기도 합니다.

음악으로 해결할 수 없는 규모의 몸살감기에는 특약 처방을 내립니다. 평소에는 가격이 비싸 엄두를 못 냈던 설렁탕 한 그릇을 사 먹습니다. 국물을 한 숟가락 떠먹고, 새콤한 간장에 제일 맛깔스러운 소고기 한 점을 찍어 먹으면 병으로 뚝 떨어졌던 입맛이 되살아납니다. 이제 마늘과 김치도 하나씩 먹고(몸에 좋으니까⋯⋯), 괜히 고추도 한 입 먹었다가 매워하고, 그러면 또 뜨거운 국물을 한 숟갈 먹고⋯⋯.

서울에는 맛있는 설렁탕을 파는 곳이 많지만, 그중에서 제가 가장 좋아하는 곳은 관악구에 위치한 삼미옥(서울시 관악구 남부순환로 1829-6)입니다.

2016년, 몸이 아팠던 크리스마스에 이곳에서 낑낑대며 설렁탕 국물과 수육을 먹고 기운을 차렸던 것이 어제 일처럼 생생합니다. 가게 안팎에서 세월이 고스란히 느껴지고, 꼬릿한 소 냄새가 가게 구석구석에 배어 있는 삼미옥은 사실 상냥한 곳입니다. 맛보기, 밥 따로, 기름 빼기의 옵션으로 자신만의 한 그릇을 커스텀할 수 있고, 파, 김치, 국물, 밥까지 고객이 원하면 언제든 추가해서 먹을 수 있습니다.

또 하나 마음에 드는 점 중 하나는 매장 곳곳에 A4에 인쇄해 붙여 놓은 공지 사항입니다.

"저희 삼미옥에서 고객 여러분께 제공하는 모든 쌀은 국내산입니다."

"저희 삼미옥은 김치와 깍두기를 직접 담가 고객 여러분께 제공하고 있습니다."

자신이 무엇을 파는지 잘 알고 자랑스럽게 이야기하는 태도가 참 좋습니다. 오랜 시간 즐겨 찾게 되는 식당은 이런 태도를 가진 곳입니다.

만리양꼬치(서울시 용산구 효창원로 276)는 맛있는 양갈비를 먹고 싶을 때 찾는 식당입니다. 양고기는 호불호가 갈리는 음식이지만, 저는 한적할 때면 사장님이 직접 고기를 구우며 해 주시는 양고기 강의가 참 좋습니다. 이 강의는 항상 "저는 이 정도 구워야 맛있다고 느껴지는데, 사람마다 입맛은 다르니까요", "이 정도 비싸면 당연히 맛있어야죠", "기름은 몸에 안 좋아서 이렇게 맛나 봐요"와 같은 철학적인 문장으로 끝나곤 합니다.

♫ 김수희 - 애모

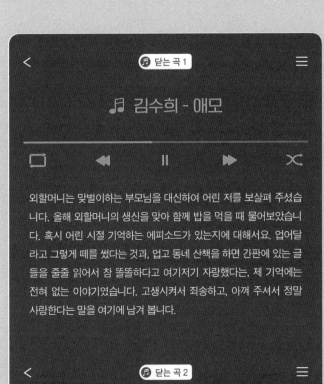

외할머니는 맞벌이하는 부모님을 대신하여 어린 저를 보살펴 주셨습니다. 올해 외할머니의 생신을 맞아 함께 밥을 먹을 때 물어보았습니다. 혹시 어린 시절 기억하는 에피소드가 있는지에 대해서요. 업어달라고 그렇게 떼를 썼다는 것과, 업고 동네 산책을 하면 간판에 있는 글들을 줄줄 읽어서 참 똘똘하다고 여기저기 자랑했다는, 제 기억에는 전혀 없는 이야기였습니다. 고생시켜서 죄송하고, 아껴 주셔서 정말 사랑한다는 말을 여기에 남겨 봅니다.

♫ 이센스 - sleep tight

"걱정을 해서 걱정이 없어지면 걱정이 없겠네"라는 티베트의 속담이 있습니다. 현자가 아닌 우리들은 술자리에서 답이 없는 걱정을 꼬리에 꼬리를 물듯 주고받습니다. 상대의 고민에 명쾌한 해답을 주지 못하고, 사실 서로 답을 기대하고 이야기를 하는 것도 아닌 그런 술자리. 개운한 마음 하나 없이 자리를 마치면, 언제나 고생하는 간이 건강 적신호를 주인에게 전달합니다.

19.

취미는 게임

취미가 무엇이냐는 질문은 손쉬운 아이스브레이킹용 인사말 중 하나입니다. 저는 고민 없이 음악을 듣는 것, 플레이리스트를 짜는 것, 뮤직비디오를 보는 것이라고 대답합니다.

하지만 이건 어쩌면 대외용 대답이라고 볼 수 있습니다. 여러분과 나눠 들을 플레이리스트를 일주일에 한두 개씩 만들고, 아티스트-음반 기획을 업으로 삼다 보니, 음악을 순수한 취미로 대하는 시간이 조금씩 줄어드는 것을 느낍니다. 다시 말해, 음악을 듣고 뮤직비디오를 보면서 일 생각을 철저히 배제하고 순수하게 즐긴다고 말할 수는 없습니다.

취미의 사전적 의미가 '전문적이 아닌 즐기기 위해서 하는 활동'임을 고려한다면, 제 진짜 취미는 게임입니다. 게임을 하거나, 게임 정보를 다룬 유튜브나, 게임을 실황으로 플레이하는 스트리밍을 보는 데 휴식 시간의 일부를 할애하곤 합니다.

제가 게임과 처음 만난 건 어린 시절의 크리
스마스, 외삼촌에게 당시의 고가였던 플레이스
테이션 1을 선물 받았던 때로 돌아갑니다. 제가
처음 접한 게임은 '파이널 판타지 7'이었습니다.
외삼촌이 제게 줄 게임을 정성껏 골라온 것인지
우연의 산물인지는 알 수 없지만, 저는 인류 역
사에 남을 RPG 게임으로 게임 문화에 입문해버
린 것입니다.

그다음 만난 작품은 닌텐도 게임보이의 히트
작, '포켓몬스터 골드'. 어디든 들고 다닐 수 있는
게임보이는 어디에 가도 앉을 자리를 찾던 비활
동적인 소년과 궁합이 참 좋았습니다.

CD를 컴퓨터 본체에 집어넣어서 하는 PC 게
임도 했고, 대중적이진 않지만 인터넷에서 극찬
받은 인디펜던트나 쯔꾸르 게임을 찾아 나서는

탐험 또한 종종 떠났습니다. '역전재판' 시리즈를 하면서 잠시 변호사의 꿈을 꾸기도 했고, '씰', '포탈 2', '언더테일' 등의 엔딩 크레딧을 보면서 깊은 여운에 잠기는 경험도 했습니다(친구들과 PC방에서 같이 하는 '스타크래프트', '리그 오브 레전드', '오버워치' 등 친목 도모 부류의 온라인 게임은 즐겨 하지 않았습니다).

게임의 여러 매력 중 제가 가장 사랑하는 점은, 순식간에 혼자만의 별세계로 떠날 수 있다는 점입니다. 전원만 켜면 언제든 게임 디렉터들과 개발자들이 땀 흘려 마련해 놓은 다른 세계로 휙 떠날 수 있습니다. 버튼을 누르거나 클릭하는 인풋을 통해서 화면 속 캐릭터가 움직이고, 그 움직임에 맞춰 다시 상호 작용하는 세상으로요.

몰입에 도움을 주는 것은 역시 게임 전반에 흐르는 음악입니다. 게임을 플레이하는 동안 배경에 은은하게 깔리면서, 노래를 듣고 있다는 의식도 없이 게임 속 세계에 흠뻑 빠지게 해 주는 소리. 게임의 보조 용언으로 쓰이는 음악이니만큼, 게임을 클리어하고 나서야 이해하고 눈물이 쏟아지는 가사가 숨어있기도 합니다. 'Video Game Music', 줄여서 VGM이라고 일컫는 게임 음악 장르는 제가 듣는 것 중 가장 장르의 향이 진한 음악이라고 생각합니다.

정말 좋아했던 게임에서 흘러나오던 음악을 들으면 게임을 하던 때의 기억과, 게임을 끝내고 느꼈던 감동이 쏟아지곤 합니다. 또는, 그 게임 속에 들어와 있는 감흥을 줄 때도 있습니다 ('동물의 숲' 음악을 노동요로 깔아놓고 일할 때는 조금 복합적인 기분이 들긴 하지만요). 물론 반대로 말하면, 게임을 경험하지 않으면 그 매력이 100퍼센트 발휘되지 않는다는 점에서 이 장르에 관해 이야기하는 걸 망설였습니다. 그럼에도 제 인생을 차지하는 부분 중 큰 부분이어서 이렇게 소개합니다. 오늘도 이 글을 쓰고 쉬는 시간에는 볼륨을 잔뜩 키우고 '젤다의 전설'을 할 예정입니다.

♫ 토비 폭스(Toby Fox) - His Theme

'언더테일'에 수록된 곡. 이 게임은 팬들의 강력한 지지 때문에 그 반작용으로 때때로 우스개로 소비되곤 합니다. 하지만 스포일러 없이 처음부터 마지막의 마지막까지 플레이해 보면, 분명 큰 울림을 주는 게임입니다. 또한 고전 8비트 JRPG 게임에 대한 애정이 묻어 있어, 그런 게임과 함께 소년기를 보낸 저는 더욱 좋았습니다. 유튜브에 검색하면 한국 밴드 전자양이 이 곡을 커버한 영상이 있습니다. 게임처럼 정말 아름답습니다.

♫ 린(LYn) - Beneath the Mask

'페르소나 5 더 로열'에 수록된 곡. 게임이란 자고로 하이라이트와 엔딩 부분처럼 플레이어들이 꼭 보고 싶어 하는 부분이 있고, 그것을 위한 전개 부분이 존재하는 법입니다. 그리고 절정에 그동안 쌓아 왔던 서사가 폭발하면서 음악 역시 터져 나오고 그것에 전율을 느낄 때가 많습니다. 하지만, 꼭 그렇지 않은 곡도 이렇게 플레이리스트에 추가하는 경우가 있어 특별히 적어 놓습니다. 비가 오는 날에 이 노래를 틀면 게임 속 주인공처럼, 눅눅해서 산뜻하진 않지만, 따뜻하고 마음이 편안해지는 낡은 카페에 입장한 듯한 기분이 듭니다. 맛과 서비스가 옛것 같고, 눈에 보이지 않는 따뜻한 배려가 가득한 그런 곳이에요.

20.

추억 편집해 듣기

대학로, 홍대 거리, 신촌, 건대 거리, 덕수궁, 한강 공원. 산책하기 좋은 날씨에, 산책하기 좋은 서울의 번화가에서 꼭 만날 수 있는 풍경이 있습니다. 바로 길거리 공연, 일명 '버스킹'을 하는 모습입니다. 장르도 천차만별(춤, 랩, 마술, 심지어 마당극 버스킹을 본 적도 있으니까요), 실력도 천차만별(감탄사가 절로 나오는 사람도 있는가 하면, 버스커 스스로도 민망함에 실시간으로 잡아먹히는 사람도 있죠)입니다. 그래서 버스킹이라는 단어의 어감이 아무리 산뜻하고 가벼워도, 지나가는 사람들의 발길을 붙잡아두기 위해 버스커들이 했을 노력을 떠올리면 그들을 쉽사리 지나칠 수 없게 됩니다.

그 무대 뒤편의 땀방울을 괜스레 한 번 더 생각하는 저도 대학교에 다니던 시절 여의도 한강 공원에서 친구 5명과 함께 버스킹을 했던 추억이 있습니다. 5명의 친구는 기존의 동아리 공연이 뭔가 뻔하다고 느끼고 순식간에 의기투합한 소중한 친구들이었습니다. 2명이 노래를 부르고, 1명은 키보드, 1명은 퍼커션, 1명은 기타, 저는 베이스를 치는 밴드를 구성했습니다. 하지만 그 경험은 '대학 밴드' 혹은 '버스킹'이라는 단어가 주는 청량함과는 거리가 있습니다.

사실 잡음은 공연할 곡을 선정하는 순간부터 시작됩니다. 아주 원초적인 이야기지만, 2명만 모여도 2개의 취향이 힘을 겨루기 마련입니다. 그러니 6명이 가진 6개의 취향이 만장일치해서 모두가 하고 싶은 곡을 세트리스트에 넣는 기적은 단 한 번도 일어나지 않았습니다. 차선책은 6명이 꼭 하고 싶은 곡을 1곡씩 골라 모두 하거나, 곡마다 투표를 받아 과반으로 정리하는 것이죠. 하지만 그렇게 정한다고 해서 모두의 마음이 시원하게 정리되는 것은 아닙니다. 오히려 모두의 불만이 쌓이기도 합니다. 꼭 하고 싶은 곡이 2곡 있었지만, 다른 친구의 1순위 곡과 내 1

순위 곡의 바이브가 겹쳐서 포기해야 했던 저처럼 말이죠(이때 포기한 곡은 아침의 「Pathetic Sight」였습니다).

여차저차 레퍼토리를 모두 준비하고, 나름의 완성도(이것도 6인 모두의 목표 지점과 기준이 달라서 우당탕했지만, 이 글에서는 생략하겠습니다)를 갖추고, 대망의 공연 날이 다가왔습니다.

버스킹 장소까지 가는 것 또한 일이었습니다. 친구 한 명이 가족의 차를 빌렸다고 해서, 당연히 그 친구가 운전해 오는 줄 알았는데 운전석에는 그 친구가 아닌 친구의 누나가 있어서 당황했습니다(왜 안 알려줬을까?). 게다가 누나는 오고 가는 내내 "이런 일이 있는 걸 전날에 말하면 어떡하니", "참, 하나뿐인 동생이 누나를 휴일에 부려 먹기나 하고", "난 피곤해서 공연 끝날 때까지 주차장에서 기다려야겠다" 하셔서 참으로 민망했습니다(하지만 태워 주셔서 편하게 갈 수 있었습니다. 지금까지도 깊이 감사하고 있습니다).

미리 봐둔 장소에 아침부터 여기저기서 대여한 장비들을 내리고, 나름의 사운드 밸런스를 잡아보며 가벼운 리허설을 했습니다. 본격적으로 버스킹을 시작하고, 두 번째 곡을 연주하고 있는데 갑자기 앰프 하나가 말을 안 듣기 시작했습니다. 우리가 한참을 끵끵거리자 관객들은 흥미를 느꼈다가도 잃어 주변을 서성이고, 떠나고, 다시 찾아왔습니다. 그러던 중, 비가 한 방울 두 방울 내리기 시작했습니다. 다행히 쏟아지지는 않았지만, 공연 말미에는 관객과 버스커들을 축축하게 적실 정도로 내려서 공연이 자연스럽게 마무리되었습니다.

버스킹을 권하지 않는 열 가지 이유를 위 문단에 썼음에도 불구하고, 버스킹했던 이야기를 소개할 때는 '추억'이라는 단어를 썼죠. '마음고생이 참 많았지만, 하이라이트가 다가온 바로 그 순간에는 눈물 나게 행복했다. 그야말로 고진감래였다' 같은 말을 하려는 건 아닙니다. 힘든 순간의 감정은 진짜였고, 지금도 치가 떨리거나 이불을 뻥 찰 때가 있어요. 정말 냉정하게 계산하자면 순수하게 행복했던 건 공연하는 순간, 그중에서도 합이 잘 맞았던 몇 초 정도의 짜릿함이었던 것 같아요.

행복 함유량이 지나치게 낮은 이 기억을 아름다운 추억으로 남기는 방법은 이 기억을 통째로 촬영하는 상상을 하는 것입니다. "자~ 컷!" 하고 촬영장을 휘어잡는 메가폰처럼, 필름을 잘라 이어 붙이는 편집실처럼요. 서로의 감정에 무심코 생채기를 냈던 것도, 마음대로 되지 않던 순간들도 모두 프레임에 담아서 상영해 봅니다. 온 세상이 적인 것 같은 억울한 순간에도 '지금은 시즌2 5화쯤에 겪는 하이라이트 직전의 위기 순간이구나' 하고 생각할 수 있게 됩니다.

같은 기억을 가진 친구들과 만나서 각자 자기 입맛대로 장식한 액자를 돌려 보는 행사도 가져 봅니다(뒤풀이라고도 하죠). "버스커버스커의「소나기(주르르루)」를 공연하니까 마지막엔 가사 따라 비가 내렸잖아" 하는 운명론을 아직도 이야기하고.

그리고 그 편집된 추억이 음악에 묻어서 다시 울려 퍼집니다.

얼마 전 신촌 유플렉스 앞 스타광장을 걷다가 과잠을 맞춰 입고 윤하의「비밀번호 486」을 부르고 있는 버스커 무리를 만났습니다. 그들의 추억 영화 촬영 현장을 보면서 잠깐 머물러서 시간을 할애하는, 아주 소심하지만, 진심인 응원을 하고 왔습니다.

🎵 샘 김 - NO눈치

□　◀◀　Ⅱ　▶▶　✕

밴드 멤버 중 한 명이 공연 직전까지도 이 노래 때문에 툴툴대서 합주 내내 열심히 설득하면서 연습했던 기억이 있습니다. 그런데 막상 공연이 끝나고 나니 그 친구가 제일 좋아했죠. 그 모습을 아직 놀리곤 합니다.

🎵 윤하 - 비밀번호 486

□　◀◀　Ⅱ　▶▶　✕

선곡 회의 때면 언제나 트렌딩한 국내 밴드(지금으로 치면 역시 실리카겔이겠네요)와 클래식한 명곡들 사이에서 끊임없는 줄다리기가 열렸습니다. 그걸 조율하다가 슬쩍 해외 밴드 이름을 꺼내는 멤버도 있었습니다. 커버 밴드의 선곡 회의는 언제나 끝이 없습니다. 그 사이에서 결론을 「비밀번호 486」으로 끌고가는 저력이, 윤하의 곡에는 있다고 생각합니다. 5분 길이의 모던 록, 「사건의 지평선」이 다시 차트 1등을 거머쥔 것을 보며 그 힘을 또 슬그머니 느낍니다.

21.

자신의 의지로 여행해 보기

아티스트의 촬영을 위해 일본으로 6박 7일동 안 출장을 다녀온 적이 있습니다. 캐리어를 뱉 어내는 인천공항의 컨베이어 벨트를 보며 멍하 니 서 있는, 일정 마지막의 마지막 그 순간, 옆 에 서 있던 동료 A와 나눴던 대화를 여기에 옮 겨 적어봅니다.

A : 도쿄까지 왔는데 카페에서 여유롭게 커
     피 한 잔을 못 마셨네요.

세훈: 그러게요. 이번 일정이 역대급으로 정신
     없긴 했어요.

A : 이러니까 더 감질나요. 다음에는 아예
     날 잡고 일본에 놀러 와야겠어요. 너무
     아쉬워요.

세훈: 그래도 이번에 여행이었으면 못해 볼 구
     경도 많이 했고, 맛있는 것도 많이 먹었
     잖아요.

A　: 그래도 놀러 오는 거랑 일하러 오는 거
　　랑 같나요.

짐을 찾고, 모두와 헤어지고, 공덕역으로 가는 공항 철도에 몸을 실으며 이 짧은 대화를 곰곰이 곱씹어 보았습니다. 그렇습니다. 놀러 오는 것과 일로 오는 데엔 하늘과 땅 차이가 있습니다. 이번 출장 일정 동안 와규도 먹고, 철판구이도 먹고, 온천욕도 하고, 멋있는 바다도 봤지만, 놀러 온 게 아니라 일의 연장선이니 A에겐 결국에는 빛이 바래는 것이었습니다. 물론 마음가짐의 차이일 수도 있겠지만, 저는 자의냐 타의냐에 의해 감도가 결정되었다는 결론에 이르렀습니다.

아닌 게 아니라, 스스로 준비해서 떠나는 여행에는 좋은 점이 많습니다. 그날 하루에 할 일을 마음대로 조립해도 됩니다. 배려할 일행이 없으니 제 마음이 곧 선택지가 됩니다. 투덜거릴 일이 있을 때 맘껏 투덜거려도 들을 사람이 없고, 미리 정한 일정이 남았어도 쉬고 싶어지면 바로 하루를 끝낼 수 있고, 다른 사람을 배려할 것 없이 제일 먹고 싶은 메뉴를 고를 수 있고, 실수해도 비웃을 사람이 없습니다.

'삶은 여행이다'라는 비유가 있습니다. 살면 살수록 모르는 게 많아진다는 것을 느낍니다. 그래도 알게 돼서 좋았던 것들을 정리해서 책을 써보았습니다. 돈을 레코드 사는 데 잔뜩 써버렸지만 괜찮은 것, 남들이 1등을 다투는 영역에서 성적이 변변찮아도 마음이 괜찮은 것, 아플 때 음악을 하나 올리면 몸이 좀 괜찮아지는 것. 사는 내내 순간을 즐겁게, 자의로 여행하고 있기 때문에 슬프지 않습니다.

아티스트 및 크리에이터들과 같이 일하며 보

니 주변인들이 그들에게 '어린아이 같다'는 비유를 쓰곤 하더라고요. 아마 그들의 순수하거나 때로는 충동적인 면모를 빗댄 표현이겠지만, 저는 이것이 굉장히 단편적이고 평면적인 비유라고 생각합니다.

서울에서 음악을 업으로 삼겠다고 하면 숨쉬듯 태클을 받습니다. 어린아이에게는 다들 좋은 말만 해 주면서요. 낮은 성공 확률, 성공하지 못했을 때의 벌이, 그들이 겪어야 할 물리적이고 정서적인 불안정함. 이 모든 이야기를 분명 귀에 딱지가 앉도록 들었을 텐데, 그럼에도 불구하고 자신의 의지로 여행하는 아티스트들. 그들이 자의로 선택한 길에서, 자의로 삶을 살고, 그 순간들을 기록하고, 그것들을 추려 만든 노래를 듣습니다. 그들의 여행을 간접적으로 느끼면서, 그들처럼 자의적인 여행을 조금이나마 떠나볼 수 있었습니다. 그러니 감사한 마음뿐입니다. 여러분이 그 순간을 찾았으면 하는 바람, 그것이 이 책의 요약인 것 같기도 합니다.

　이제 이 책의 마지막 본문, 그리고 마지막 문단입니다. 다시 말하지만, 이 책에 쓴 글은 저의 십대와 이십대 경험담에서 비롯된 지극히 개인적인 이야기입니다. 개인적인 이야기가 보편성을 얻어 모두의 공감을 이끌게 되면 정말 아름답겠지만, 누군가에게 저는 너무나 유별날 수 있고, 또 누군가에게는 너무 평범하고 뻔한 이야기만 하는 사람일 수도 있겠다는 두려움을 가진 채 글을 썼습니다. 다르게 비유하자면, 혼자 신나서 말을 너무 많이 한 술자리를 마치고 집으로 돌아오는 길 같은 기분도 듭니다. '내 얘기를 너무 많이 했나? 궁금하지도 않았을 텐데', '내가 뭐 그리 대단한 사람이라고 충고를 했지?' 하는 부끄러움을 지닌 채로 썼습니다. 그래도 제가 살면서 들은 충고가 대부분 공허했어서, 그렇게 전해지지 않았으면 하는 마음이 단단합니다. 다시 말해, 단순히 "남들과 비교하지 말고 너만의 취향을 찾아요"라는 것을 단순하게 말하고 싶지 않았습니다. 굳이 이렇게 풀어서 권한 제 부산스러움을 알아주길 바라며, 글을 마칩니다.

🎵 오피셜히게단디즘(Official Hige Dandism)
- Universe

사는 게 진이 빠질 때는, 우주를 떠올리며 삽니다. 우주는 감히 헤아릴 수 없이 거대하고, 인간은 그에 비하면 먼지만도 못한 존재라고 하죠. 여기서 되려 우울감을 느끼는 사람도 있지만, 저는 용기를 얻는 재료로 씁니다. 이 큰 우주에서 저는 먼지에 불과하니까 아무리 하고 싶은 대로, 심장이 시키는 대로 살아도 아무래도 좋다는 점에서요. 그리고 그렇게 산 인생은 오래오래 기록될지, 금세 잊힐지 그 누구도 모르지만 그래도 온전히 나만의 것입니다.

🎵 김광석, 이야기 하나

이 글에 쓴 재료는 제 지난 경험이 대부분입니다. 미진하다면 미진하고, 많은 걸 느꼈다면 많은 걸 느낀 세월이었습니다. 지나간 10대와 20대를 떠올리며, 故김광석의 베스트 앨범에 수록된 이 내레이션을 들어봅니다. 여기서 그는 자신의 곡 「서른 즈음」에, 그리고 지나온 인생에 대해서 담담히 설명합니다.

제 앞으로의 삶을 재미나게 살고, 그걸 글로 남길 기회가 다시 한번 찾아온다면 더없이 기쁠 것 같습니다.

999.

닫는 플레이리스트

업무 메일을 마무리할 때에는 마지막에 '장세훈 드림'이라고 적고, 그에 앞서 '감사합니다'는 표현을 꼭 남깁니다. 단골 카페의 점원분에게도, 내릴 때 버스의 기사님에게도 꼭 '감사합니다'는 인사를 건네면서 작별을 합니다. '감사합니다'라는 말만한 작별의 인사말이 없다는 생각이 듭니다.

그래서 책의 마지막에 자리한 이 챕터에서 여러분께 다시 한번 더 정말로 감사하다는 말을 남기고 싶었습니다. 제 나름대로는 소중한 글이지만, 한편으로는 다소 주관적이고 얕은 경험담에 불과한 글이라는 생각이 계속 저를 괴롭힙니다. 그런 글들에 마음의 자리 한편을 내어 준 여러분께 정말로 감사합니다.

멋대로인 글을 마무리하기 위해 제가 선택한 방법은 플레이리스트. 각 챕터의 마무리에서 소개한 '닫는 곡'들은, 여러분께서 글을 다 읽으신 후 혹은 글을 다시 읽으실 때 곁들이길 바라며 선곡해 본 노래들입니다. 그래서 책의 마무리도 재생 목록으로 하기로 마음먹었습니다. 혹시 여러분이 그중에서 취향의 곡을 찾으셨다면, 비슷한 노래를 찾아 재생 목록에 담도록 하는 것이 이 책의 궁극적인 목적이기도 합니다. 그래서 각 닫는 곡에 연동하는 추천곡을 추가한 아래의 플레이리스트를 선물하며 책을 마무리하고자 합니다.

다시 한번,
소중한 시간을 내어 이 책을 읽어 주신 여러분께 정말로 감사합니다.

장세훈 드림.

▲ 세훈으로부터

취향이 없는 당신에게, 세훈으로부터

초판 1쇄 발행 2024년 6월 12일

지은이　　장세훈
펴낸이　　최현준

편집부　　구주연, 강서윤
디자인　　김소영

펴낸곳　　빌리버튼
출판등록　제 2016-000166호
주소　　　서울시 마포구 월드컵로 10길 28, 201호
전화　　　02-338-9271
팩스　　　02-338-9272
메일　　　contents@billybutton.co.kr

ISBN　　　979-11-92999-37-1 (03810)